para la madre selva

gracias por ser tan hermosa

Nadine Bresinsky

Das verlorene Licht

Impressum

Das verlorene Licht

Nadine Bresinsky

ISBN Taschenbuch: 978-3-7345-7475-7

ISBN Hardcover: 978-3-7345-7476-4

ISBN e-book: 978-3-7345-7477-1

Lektorat: Johannes Floehr

Korrektorat: Steffen Konrad

Umschlaggestaltung: Nadine Bresinsky

Titelbild: Piero Aranibar

Verlag und Druck: tredition GmbH, Hamburg

Alle Rechte liegen beim Autor.

Vorwort

Die Welt des südamerikanischen Dschungels ist eine faszinierende Welt, erfüllt von Elementargeistern, den Seelen der Tiere und Pflanzen sowie anderen zauberhaften Wesen. Das Rad des Lebens dreht sich hier nach anderen Gesetzen als in unserer westlichen Welt, denn all diese Geschöpfe bilden gemeinsam mit dem Menschen eine untrennbare Einheit auf dem Weg über die Erde. Vom Beginn der Zeit an wussten die Bewohner des Urwaldes darum und deshalb ist Respekt vor allen Lebewesen auch heute noch die natürliche Grundlage einer jeder ihrer Handlungen, ob es sich nun um die Jagd oder die Nutzung der Heilkräfte einer Pflanze dreht. Jedes Opfer der Natur wird mit Dank und Liebe entgegengenommen und mit einer Gabe der Menschen beantwortet. Es ist eine Welt des Gebens und Nehmens, das Eine ist ohne das Andere nicht denkbar.

Die vorliegende Geschichte beruht auf Märchen und Erfahrungen, die ich im Amazonasgebiet sammeln durfte. Auf mehreren Wanderungen durch den Urwald bin ich ihnen begegnet, habe sie von Indianern erzählt bekommen oder ihr Flüstern im Wind vernommen. Ich habe den Enano kennengelernt, der willigen Seelen als Lehrer dient und habe die farbenprächtige Zauberwelt der Geisterliane Ayahuasca erlebt. Auch die Legende um den ersten Gesang des Schamanen war überall anzutreffen, ebenso wie die Reise zur Mondin mit Hilfe der Himmelsliane.

Aber nicht nur um diese, aus dem Alltag der Indianer nicht wegzudenkenden Elemente rankt sich die Geschichte. Sie erzählt auch vom Mut, seinen eigenen Weg zu gehen, anders zu sein. Manchmal führt dieser Weg fort vom bisher gelebten Leben, fort von vertrauten Menschen und hinein in die Einsamkeit. Grenzen werden neu ausgelotet und verschoben, Talente und ungeahnte Seiten einer Persönlichkeit kommen zum Vorschein und fordern ihr Daseinsrecht. Nur indem wir all die Aspekte unseres Selbst - alte wie neue - zu uns einladen, können die Farben unserer Seele in vollem Glanz erstrahlen. Dann leuchtet unser Licht und erfreut auch andere.

Mit meiner kleinen Erzählung hoffe ich, die Magie des Urwaldes ein Stück in unsere Welt einfließen lassen zu können und sie so mit den verschiedensten Farben zu bereichern. Vielleicht gelingt es mir ja auch, den ein oder anderen Leser zu ermutigen, dem Ruf seiner Seele zu folgen und sich auf den Weg zu seinem eigenen Licht zu machen.

Nadine Bresinsky, 2016

Prolog ⚘

Erschrockenen Herzens sah die Mondin ihrer Laterne nach. Sich wie ein Kreisel um sich selbst drehend, fiel die Lampe der schlafenden Erde entgegen und zog dabei einen solch strahlenden Schweif hinter sich her, dass der nachtdunkle Himmel von unzähligen Sternschnuppen erleuchtet schien. Mit einer Hand versuchte die Mondin noch sie zu fassen, doch es war bereits zu spät. Ihre Finger erhaschten nichts weiter als den Luftzug, den das Nachtlicht wie einen Fußabdruck am Himmel hinterlassen hatte. Die Hand der Mondin blieb leer. Von ihrer Hängematte aus sah sie das Licht nur noch tiefer und tiefer fallen, bis es schließlich in den Schatten der Welt unter ihr verging.

Einen kurzen Moment wich jegliches Gefühl aus der Mondin, nur um dann mit um so vorwurfsvollerer Stimme zurückzukehren. *„Wie konnte das bloß passieren?"* donnerte es in ihrem Kopf. Verstört fuhr sie sich über das Gesicht, ihre Hände zitterten und suchten unruhig Halt. Fassungslos starrte sie vor sich hin, während ihre Augen immer und immer wieder das Licht im Dunkel verschwinden sahen.

Die Zeit floss unbemerkt an der Mondin vorbei, wie sie so in ihrer Hängematte saß. Keine noch so kleine Bewegung ließ ihre Gefühle erahnen, doch versteckt unter ihrer erstarrten Oberfläche tobte ein wilder Kampf. Kopf und Herz der Nachtfrau waren so uneins wie nie zuvor und fast schien es, als würde alle Aufmerksamkeit des Universums in diesem inneren Kampf aufgehen. Kein Windstoß regte sich, kein noch so ferner Stern funkelte. Die Welt um die Mondin hatte den Atem angehalten.

Doch schließlich, nach ungezählten Augenblicken des stummen Wartens, gewann das Gefühl des Verlorenseins die Oberhand. Mit einem erschöpften Seufzer ergab sich die Mondin der Leere, die sich wie ein alles verschlingender Schatten in ihr ausbreitete und der unfassbaren Gewissheit die Tür öffnete. Ein schläfriger Moment, eine unbedachte Bewegung und schon war es geschehen: die Hüterin des Nachtlichts hatte ihre Laterne an das Dunkel der Menschenwelt verloren.

Teil I

Erlebe zwei Welten und höre gut zu

Manuel ⚜

Das Dickicht des Urwaldes erschien ohne Weg, doch Manuel kannte die versteckten Pfade über Baumwurzeln und unter Lianen hindurch. Feinädrige Blätter strichen ihm über das Gesicht, ganz als wollten sie seine Aufmerksamkeit fortlocken von den Schritten seiner Wanderung. Aber Manuel ließ sich nicht locken. Trotz der feinen Berührungen wusste er in jedem Augenblick um die Anwesenheit sich duckender Steine und verwachsener Baumstümpfe am Boden. Seine Sinne hätten sie auch mit geschlossenen Augen gesehen.

Hoch über ihm bildeten die Wipfel der Bäume eine schützende Decke, welche den Urwald zu einer in sich geschlossenen Welt machte. Gründuftend war diese Welt und tagsüber verliehen ihr Blüten in allen erdenklichen Farben und kleine schillernde Käfer ein lebendiges Gesicht. Aber auch jetzt, des Nachts, war es alles andere als einsam. Termiten krabbelten durch das Unterholz, Nachtgrillen sangen ihr Lied. Irgendwo gluckste eine Vogelkehle auf der Suche nach Artgenossen, eine andere Kehle antwortete. Schatten verrieten knorrige Äste, welche sich wie Finger ineinander verwoben. Lianen kamen von allen Seiten auf Manuel zu und forderten ihn zu immer neuen Richtungen auf. Ringsherum schlängelten sie sich an Bäumen entlang oder wuchsen kreuz und quer einfach in die Luft. Dicke Baumstämme wurden von ganzen Zelten aus Wurzeln umgeben und die nächtliche Luft war erfüllt von frischer Feuchtigkeit. Mit jedem Schritt gruben sich Manuels Zehen auf ein Neues genüsslich in die weiche Erde. Er spürte vergessene Blätter und glitschigen Matsch unter seinen nackten Füßen, während sich seine Hände an vermoosten Baumhäuten orientierten.

Manuel liebte es, des Nachts durch den mit Leben erfüllten Wald zu streifen. Dann spürte er den Zauber der Natur auf seiner Haut, der wie tausend feine Wassertropfen über seinen Körper rann. Der lederne Schurz um seine Hüften war alles, was ihn von dieser Magie trennte. Ein ebenfalls ledernes Band hielt seine langen schwarzen Haare zusammen, damit ihm keine Strähne in das schmale Gesicht fallen konnte. Mit Augen in der Farbe eines wolkenlosen Himmels blickte er um sich. Doch sie sahen nicht wirklich, denn Manuels gesamtes Sein war wie stets nur auf die vielstimmigen Geräusche des Waldes gerichtet. Das Flüstern der Blätter im Wind erfüllte ihn und ohne hinauf sehen zu müssen, nahm der Junge auch das Rascheln wahr, welches die kleinen Baumwächter-Affen auf ihren hüpfenden Spaziergängen in den Baumwipfeln verursachten. Sie folgten ihm behände wie Schattenbilder.

Manuel lächelte über die Neugier dieser Tiere, mit der sie ihn Nacht für Nacht begleiteten. *„Sie werden wohl niemals müde, mir zu folgen."* Noch nie hatte er eines der Äffchen zu Gesicht bekommen, umso besser jedoch kannte er ihre Geräusche hinterlassenden Spuren in der Luft. Die Tiere wachten bis spät in die Nacht über ihre Bäume, äußerst selten verließen sie ihr Zuhause in den Blattkronen. Deswegen bezeichneten die Puchua, wie sich die Menschen aus Manuels Dorf nannten, sie als Baumwächter. Mehr als diesen Namen verbanden sie allerdings nicht mit ihnen. Sie ließen sich nicht fangen und so waren sie für das Dorf gänzlich uninteressant.

Ganz anders erging es da Manuel. Der Junge wusste, dass die scheuen Baumwächter weit mehr als nur langarmige Kletterer auf der Suche nach neuen Wipfeln waren. Sie hatten so vieles über die Welt in den Blättern zu sagen, so viel mehr als ein einfacher Beobachter je erfahren würde. Ja, er wusste es, denn er konnte ihre Gedanken hören. Auch jetzt waren ihre Worte in seinem Kopf. „Wo geht er diesmal wohl hin? Nur ein wenig weiter noch, dann sollten wir aber schlafen...", flüsterte es in ihm.

✦

Manuel konnte sich an keine Zeit seines Lebens erinnern, in der er nicht von den Worten der Waldtiere umgeben gewesen wäre. Er kannte die Geschichten von scharfäugigen Greifvögeln hoch oben über dem Dach des Urwaldes, von kleinen Ameisen unter der Rinde der Bäume. Diese Geschichten waren wie Spuren im Dickicht, die ihn zu den Geheimnissen des Dschungels führten. Allerdings war ihm der Weg, wie er selbst zu den Tieren hätte sprechen können, verborgen.

Das machte Manuel sehr einsam, denn sonst redete eigentlich niemand mit ihm. Die Bewohner seines Dorfes mieden den Jungen, wo sie nur konnten. Für sie war er verrückt oder krank oder einfach nur faul. Wer sonst unter ihnen hörte schon die Stimmen der Tiere? Wer sonst hatte blaue Augen? Keiner! Wie sehr Manuel es verabscheute, dieses Tuscheln, die vorgehaltenen Hände, die jeden seiner Schritte begleiteten. Selbst in diesem Augenblick, als sich seine Füße weiter über den unebenen Boden tasteten, hörte Manuel die verletzenden Worte: „Du bist doch nichts weiter als ein hoffnungsloser Träumer! Deine sprechenden Tiere holen kein Wasser vom Fluss, sie bringen kein Fleisch in den Kochtopf. Also lass uns in Ruhe mit ihnen!"

Und genau das hatte er im Laufe der Zeit gelernt. Er blieb für sich, beteiligte sich an keiner Jagd und ging allein seiner Wege. Auch wenn es nicht immer einfach war. *„Dafür habe ich aber so vieles andere für mich entdeckt!"* dachte er jetzt trotzig bei sich. Nie würde er das Gefühl vergessen, als er eines Tages inmitten der Bäume gestanden war und seine Finger angefangen hatten zu kribbeln. Feine Fäden, die sich seidig glänzend im Sonnenlicht hin und her bewegten, hatten ihn mit seiner Umgebung verbunden. Und bei dieser einen Gelegenheit war es nicht geblieben. Unzählige Male hatte er seitdem durch die Fäden den Atem der Natur in sich aufgenommen. Dabei spürte er die Lebenskraft aller Lebewesen im Wald durch seinen Körper fließen. Manchmal sprudelte und gluckste es in ihm aus purer Freude, manchmal zog der Fluss der Energie einfach nur ruhig dahin. Jeder Winkel von Manuels Sein wurde von dieser Energie angefüllt, jede raue Kante seiner Empfindungen davon umspült und glatt poliert.

⁕

Der Wind des Waldes sprach ebenfalls mit ihm. Und genau dieser Wind war es auch, der seine Schritte heute Nacht lenkte. Die weiche Stimme hatte dem Jungen nämlich von Blumen erzählt, die selbst des Nachts in allen Farben des Regenbogens leuchteten. *„Diese Blumen möchte ich unbedingt sehen!"* Seine Aufmerksamkeit wieder auf das Hier und Jetzt gerichtet, kletterte Manuel also weiter über abgebrochene Äste und schlängelte sich an Lianen vorbei. Schließlich erreichte er den plätschernden Lauf eines schmalen Baches, der sich an den Bäumen entlang wand, nur um dann zwischen ihren Stämmen im Dunkel der Nacht zu verschwinden.

Wie von selbst folgten seine Füße ab hier weiter dem Bachlauf. Durch unzählige Streifzüge kannte er die meisten Gegenden des

Waldes, diese Richtung hier war jedoch auch für ihn neu. *„Wo führst du mich diesmal hin?"*, fragte er in Gedanken den Wind. Das kühle Wasser des Baches umspielte seine Zehen und glitschige Steine verlangten volle Konzentration. Ab und zu klatschte etwas vor ihm in den Bach und dann schwappten kleine Wellen gegen seine Füße, von einem eilig davon schwimmenden Frosch hinterlassen. An manchen Stellen hatten sich Bäume von der Erde losgerissen und vorwitzig quer über den Bach gelegt, wie kleine Brücken wirkten sie. Sich gekonnt an Ästen und Furchen in der Rinde festhaltend unterwanderte Manuel sie und gespannte Vorfreude ließ sein Herz mehr als sonst auf seinen Wanderungen pochen. Denn der Wind hatte zwar seine Frage nicht beantwortet, wohl aber verraten, dass er auf dem richtigen Weg zu den Regenbogenblumen war.

Trotzdem war der Junge überrascht, als sich die dicht aneinander gedrängten Bäume entlang des Bachufers schließlich lichteten und den Blick frei gaben auf eine Wiese. Das Blätterdach des Urwaldes zog sich zurück und zusammen mit der Wiese breitete sich eine große Lichtung vor Manuel aus. Er kletterte den niedrigen Hang aus dem Bachbett heraus und verharrte im Anblick dieser Lichtung. In friedvoller Stille lag sie vor ihm und Manuels Augen genossen die ungewohnte Weite des sonst so dichten Urwaldes. Das Licht der Sterne erhellte den gesamten Ort, so dass er deutlich jeden einzelnen Grashalm erkennen konnte.

Aber das war nicht der Grund, weshalb er wie angewurzelt stehen blieb. Es waren die Blumen. Nicht wie üblich erstrahlten sie fahl und weiß im Sternenlicht, sondern leuchteten bunt in allen Farben, als wäre es heller Tag! Jede Blüte schien einen ganz eigenen Regenbogen in sich zu tragen, mit dem sie die Wiese überzog. Die strahlende Pracht der Farben nahm Manuels Augen, all seine Sinne gefangen und beinahe vergaß er zu atmen. Der Wind des Waldes hatte recht behalten: Dieses Schauspiel war wirklich etwas ganz Besonderes!

Nach einer Weile des stummen Staunens machte sich der Junge dann auf den Weg über die Lichtung. Dabei nahm er jede Blume einzeln in Augenschein. Anfangs erfüllte ihn noch Scheu, aber nach wenigen Augenblicken getraute er sich, die Blumen nicht nur mit den Augen zu ertasten. Seine Finger glitten über die Blütenblätter, stets darauf bedacht, keines zu grob anzufassen oder gar abzuknicken. Sie fühlten sich zart an und schienen ihn aufmunternd anzulachen. Blau, gelb, rot schillerte es ihm aus den Blüten entgegen. Alles verwob sich ineinander und es bildeten sich bunte Tupfer, für deren Farben Manuel keine Worte hatte. „Du bist bestimmt eine Freundin des Sonnenmannes, so gelb wie du leuchtest. Und du hier hast Feuer in dir, auch wenn deine Farben irgendwie eigenartig glitzern." So sprach der Junge zu jeder Blume, bis er das Gefühl hatte, sein Kopf drehe sich in tausend farbigen Wirbeln um sich selbst. Immer wieder entdeckte er eine neue Schönheit. Fast war ihm, als könne er den Duft der Farben in seiner Nase spüren oder gar auf seiner Zunge schmecken. Von einer Blüte zur nächsten hüpfte er, die Farben in vollen Zügen genießend.

⁓

Doch irgendwann kehrte wieder Ruhe in Manuel ein. Er wollte sich hinsetzen, einen klaren Kopf bekommen. Prüfend blickte er sich also um und zu guter Letzt fand er auch, was er suchte. In der Mitte der Lichtung erhob sich ein großer Stein, der perfekte Platz für ihn. Geschickt erklomm er den abgeflachten Felsen und legte sich der Länge nach unter den klaren Sternenhimmel. Der Stein war noch warm von der Sonne des Tages und Manuels Körper schmiegte sich ohne Weiteres an die kleinen Kuhlen und Rundungen an. Seine Eindrücke glitten in den Felsen und die Arme unter dem Kopf verschränkt, ließ er seinen Gedanken freien Lauf.

Nun, er hatte seinen Weg gewählt. Auch wenn der Preis dafür war, allein zu stehen. Eingepfercht zwischen den engen Holzwänden und dem alles erstickenden Rauch der abendlichen Feuer bekam er keine Luft. Er war ein Fremder, stets außerhalb der lachenden Gemeinschaft. Doch konnte er seine Erlebnisse nicht einfach vergessen, sein Innerstes nicht leugnen. Ihm schien, als sähen seine Augen weiter, als spürten seine Sinne die Feinheiten zwischen den Wahrheiten. *„Aber das sind Dinge, die nicht in das Dorfleben gehören."* Für die anderen waren sie unsichtbar und unspürbar. Nie konnte Manuel sich ihnen begreiflich machen und so hatte er sich eben entschieden, auf seine Weise zu leben. Einsam.

Das kostete ihn viel Kraft und manchmal war er der Verzweiflung nahe. Besonders, wenn die Fragen kamen. Fragen, warum er so anders war, Fragen nach seinem Platz. Selbst jetzt tauchten sie auf und ließen ihn unruhig werden. *„Wo gehöre ich denn nun hin? 15 Regenzeiten bin ich alt, aber eine Antwort scheint es nicht zu geben."* Er wusste nur eines mit Bestimmtheit, und das betraf die Jagd. *„Niemals werde ich mich daran beteiligen."* Für Manuel war jeder Tod ein ungefragter Eingriff in die Natur. *„Doch was soll ich sonst?"*

Wütend rieb sich der Junge über das Gesicht, er wollte all diese Gedanken nicht haben. Nicht in diesem Moment und nicht hier. Tief atmete er durch, konzentrierte sich auf seinen Herzschlag. Langsam entspannte sich sein Körper wieder, die quälenden Fragen verschwanden aus seinem Kopf. Dann richtete Manuel seinen Blick zurück nach außen auf die Farbenpracht, in deren Mitte er auf dem Felsen lag wie auf einer Insel. Die Blumen leuchteten unbeirrt von seinem Gefühlschaos weiter in der Dunkelheit, die Sterne funkelten am Himmelsdach. Und sogar die Mondin war inzwischen erschienen. Ihr gelbliches Licht umgab den Jungen und langsam ließ Manuel sich in ihren Schutz und das Meer aus Farben gleiten, bis er gänzlich eins war mit dem Zauber des Augenblicks.

„Er ist soweit", lächelte der Enano zufrieden in sich hinein. Seine schwarzen Knopfaugen ließen den Jungen nicht aus dem Blick, die knorrigen Hände legte er genüsslich auf seinen runden Bauch. Sanft umspielten die harzigen Gerüche der Bäume seine Nase. *„Wie lange haben wir auf diesen Augenblick gewartet?"* Er konnte es nicht sagen. Die zahllosen Wechsel von Trocken- und Regenzeiten, in denen Manuel seine Kräfte gesammelt hatte, waren in des Waldhüters Erinnerung ein großes Durcheinander, denn nicht wenige Waldwesen hatten sich der Verzweiflung hingegeben, dass es niemals zu einer Rettung kommen würde. *„Wo bin ich nicht überall unterwegs gewesen..."*, dachte er jetzt, da er ihrer aller Ziel so nah vor Augen hatte. *„Von einem Baum zur nächsten Blüte und wieder zurück zu Manuels Spuren. So oft habe ich inzwischen meinen Heilzauber über die Wesen des Waldes gelegt, dass es kaum noch eines gibt, welches nicht mit meinen Fingern in Berührung gekommen ist."*

Wie er hier so stand, versteckt hinter einem Baum, waren sie alle bei ihm. Blumen, entstellt von tiefen Rissen, deren Abgründe den Schein ihrer Farben fast verschluckt hätten. Entstellte Bäume mit Wurzeln, die sich mit letzter Kraft in die Erde verkrampft hatten, darum bemüht, den Halt nicht zu verlieren. Jedes dieser Wesen hatte den Enano zu sich gerufen und Hilfe in seinen Augen gesucht. Und jedes Mal war er gekommen, mit seinen geduldigen Händen. Die Strapazen spürte er noch jetzt bis in seine Zehenspitzen.

Aber damit konnte er sich nun nicht länger beschäftigen. Zufrieden beobachtete er stattdessen Manuel, der nichts ahnend auf dem Felsen lag. Nichts ahnend von dem Licht, welches ihn seit jeher umgab. Nur war es diesmal anders, denn bisher war da immer wieder ein Flackern, ein kurzes Erlöschen des Lichts gewesen. Doch in dem Moment, in dem sich der Junge vollkommen auf die Regenbogenblumen eingelassen hatte, hatte sich das Licht in einen warmen, alles erhellenden Strahl verwandelt.

Erneut huschte ein zufriedenes Lächeln über die Lippen des Waldhüters. In seinen Augen spiegelte sich der Glanz des Lichtes und Manuels Ahnungslosigkeit war ein weiteres Zeichen für ihn, an die Reinheit im Herzen des Jungen zu glauben. *„Dieser schlaksige Bursche mit den himmelsfarbenen Augen läuft einfach barfuß durch die Welt, ohne Vorurteile, ohne falsche Absichten. Wer wäre also besser für die bevorstehende Aufgabe geeignet?"*

☘

Doch die Zeit war damit nicht nur reif für Manuel, sondern auch für den Enano. Seine bisherige Aufgabe verabschiedete sich von ihm, er stand nun am Beginn eines neuen Weges. Er musste sich dem Jungen zeigen, denn nur so konnte die erhoffte Verbindung entstehen. Bei diesem Gedanken wurde der Enano nun doch nervös und sein Magen verkrampfte sich. Dass er keineswegs für immer nur der heimliche Begleiter Manuels sein würde, war ihm von Anfang an bewusst gewesen: *„Aber muss ich mich wirklich jetzt schon offenbaren?"* Leise seufzend sank er gegen den Stamm des Baumes vor sich.

„*Was wird sich Manuel wohl denken, wenn er mich sieht?*" Diese Frage drehte sich in seinem Kopf. Sein Anblick würde den Jungen zweifellos aus dem Gleichgewicht bringen, wobei seine Körpergröße wohl das geringste Problem war. Der Waldhüter konnte durchaus als normales Kind durchgehen, wenn da nicht der Rest seiner Erscheinung gewesen wäre. Seine Haut war holzig wie die Rinde eines Baumes. Seine Haare wuchsen feinen Ästen gleich in alle Richtungen. Etwas steif standen sie im Wind und fingen den Blick des Betrachters mit ihrem sanften Grün ein. „*Und dann sind da noch meine Füße...*" Ein menschlicher Fuß und der einer Schildkröte führten den Enano über die Unebenheiten des Waldes.

Die Zweifel über sein Äußeres entlockten seinen Gefährten nur spöttisches Gelächter, waren sie doch allzu menschlich und für einen Waldhüter, ein magisches und weises Wesen, alles andere als angebracht. Aber der Enano konnte sie nicht ablegen und ganz abgesehen von seinen zaubernden Eigenschaften und all dem bisher gesammelten Wissen war er mit seinen 753 Sonnentagen ja auch noch sehr jung.

✦

Und trotzdem stand er nun hier, musste diesen Jungen irgendwie auf sich aufmerksam machen. Der Waldhüter wiegte seinen Kopf hin und her auf der Suche nach dem besten Weg. Er wollte Manuel auf keinen Fall überfordern oder gar erschrecken. Es genügte schon, wenn die Welt des Jungen durch seine Erscheinung erneut durcheinander kam. „*Ich muss behutsam vorgehen. Ihn langsam und sanft auf mich aufmerksam machen. Er hat zwar ein sehr großes Herz, aber was ich ihm zu sagen habe...*" Und da fiel ihm die Lösung ein. Ja, so würde er es machen! Still vor sich hinschmunzelnd tat er einen Schritt aus dem Schatten seines Versteckes und begann mit seinem Spiel.

Mit dem Vergehen der letzten Sonnenstrahlen legte sich Gelassenheit über das Dorf. Noch schimmerte der Himmel dunkelrot, doch bald würde auch dieses Licht verschwinden und der Mondin den Platz für die Nacht überlassen. Gleichzeitig mit dem Licht verabschiedeten sich auch die Klänge des Tages. Das Kreischen der Affen und das Zwitschern der Vögel verflogen eines nach dem anderen. Übrig blieben nur das immer während Rascheln der Blätter und ab und an ein Quaken naher Frösche im Unterholz, die sich auf die Jagd in der Nacht vorbereiteten.

Calin machte es sich in seiner Hängematte bequem. Ganz nach Art der Puchua war er nur mit einem Lendenschurz bekleidet, die schwarzen Haare trug er kurz. Als Häuptling zierten seine Stirn feine rötliche Striche, doch bis auf diese Bemalung unterschied er sich in nichts sonst von den anderen Männern des Dorfes. Nun ja, in fast nichts. Die tiefen Narben, die sich quer über seine Brust zogen, waren deutlich zu sehen. Jeder kannte die Geschichte ihrer Entstehung, die Geschichte der längst vergangenen und tausendfach erzählten Begegnung mit einem Puma. Nur Calins Speer hatte ihn damals vor den tödlichen Pranken des Tieres retten können.

Doch daran wollte er jetzt nicht denken. Wie im Dorf üblich hatte Calin seine Hängematte zwischen die Holzpfosten seiner Hütte gespannt und zufrieden blickte er nun in die Runde. Hier war ein guter Ort zum Leben. Schnell waren die auf Pfosten stehenden Hütten erbaut und ihre Dächer mit großen Palmblättern gedeckt gewesen. Die

Häuser umrundeten einen Platz, auf dem das Dorfleben stattfand, sei es in Form von spielenden Kindern oder grunzenden Schweinen. Während Calin seine Hängematte erneut zum Schaukeln brachte, erschienen vor seinem inneren Auge die Frauen, die sich dort tagsüber trafen, um ihre gesammelten Kräuter zu sichten und zu tauschen. Und er vernahm ihre leise wispernden Stimmen, die jede noch so kleine Neuigkeit aus den Ecken des Dorfes hervorholten, nur um sie dann fröhlich untereinander zu verteilen.

Jeden Abend verbrachte Calin in seiner Hängematte und jeden Abend genoss er auf ein Neues das friedliche Treiben um sich herum. Wie stets erwachten vor den Hütten auch heute kleine Feuer und Frauen beugten sich über den Dampf, der aus den tönernen Krügen über der Glut kam. Männer und Kinder versammelten sich, in schwarzen Augen spiegelte sich der tanzende Schein der Flammen, schwarze Haare wurden von aufwirbelndem Rauch verdeckt. *„Ein jeder ist ruhig und zufrieden. Heute war ein guter Tag und es wird auch eine gute Nacht."*

÷

Ein Knacken lenkte Calins Aufmerksamkeit auf das Feuer vor seiner eigenen Hütte. Seine Frau Amira, bepackt mit einem Bündel dürrer Äste, ließ sich auf dem Boden nieder und machte sich ohne Eile an ihrem Krug zu schaffen. Langes schwarzes Haar fiel ihr dabei über die Schultern und ihre zierlichen Hände vollbrachten die abendliche Arbeit wie von selbst. Eine Hand rührte im Krug, während die Finger der anderen bräunliche Wurzeln zerkleinerten und unter den Brei mischten.

Gerade wollte Calin das Wort an seine Frau richten, als plötzlich Alvaro mit großen Schritten auf die Hütte zu kam. „Alvaro, der Abend ist angebrochen.", begrüßte Amira ihren Sohn. „Mutter, Vater.", Alvaro nickte Calin und Amira zu, legte seinen Speer auf den Boden und setzte sich an das leise knisternde Feuer. Der Anblick seines Sohnes erfüllte Calin jedes Mal mit Stolz. Amiras Ruhe und seine eigene Entschlusskraft verbanden sich in Alvaro zu einer Stärke, die Vertrauen erweckte. Und so dachte Calin auch jetzt: *„Genau diese Eigenschaft wird er eines Tages als mein Nachfolger benötigen."*

„Du warst im Wald?" Mit diesen Worten setzte sich Calin auf. „Ich war bei den Bananenstauden. Sie werden bald Früchte tragen." Alvaro nahm die dampfende Schale, welche ihm seine Mutter reichte und fing langsam an, zu essen. Calin freute sich über die Verantwortung, die der Junge für die Gemeinschaft übernahm, doch ließ er sich diese Freude nicht anmerken. Gelassen sprach er weiter: „Dann werden wir die Ernte wie stets vorbereiten. Morgen schon sollen die Männer Palmblätter aus dem Wald holen, in die wir die reifen Früchte wickeln können. Würdest du mit ihnen gehen, Alvaro?" Sein Sohn nickte abermals. Zufrieden über diese Antwort begann Calin nun ebenfalls mit dem Essen.

Er nahm die für ihn bestimmte Schale, der leicht mehlige Geruch der gekochten Yuca stieg ihm dabei in die Nase. Mit jedem Bissen breitete sich mehr Wärme in seinem Inneren aus und hielt die kühler werdende Nachtluft von ihm fern. Inzwischen war es auch deutlich dunkler geworden. Der flackernde Schein der Feuer leuchtete intensiver und die Schwärze zwischen den Bäumen rund um das Dorf erschien wie ein Loch, das jeden Eindringling ohne Zögern oder gar Wiederkehr lautlos verschlucken würde.

⁕

Ja, die Dunkelheit konnte verschlingen und deshalb hatte keiner der Dorfbewohner den Wald je bei Nacht betreten. Keiner, bis auf einen... *„Niemals werde ich diesen Jungen verstehen..."* Plötzlich fühlte sich Calin unbehaglich. Er hörte auf zu essen, umklammerte mit abwesendem Blick den Holzlöffel in seiner Hand. *„Warum nur fordert er das Schicksal derart heraus?"* Amira sah ihren Mann an und fragte besorgt: „Woran denkst du?" Kurz überlegte Calin, seine Beunruhigung mit einem Lächeln fortzuwischen, doch dann entschied er sich anders. Er musste darüber reden. Musste die spitzen Finger loswerden, die sich bei jedem Gedanken an den Jungen in seinen Kopf bohrten. Also antwortete er: „Es geht um Manuel."

Dann holte er tief Luft. „Es ist kein Geheimnis, dass er Unruhe in unser Dorf bringt. Etliche haben Angst vor ihm. Seine blauen Augen, seine Geschichten... Nun, ihr kennt sie ja." Ratlos fuhr sich Calin über die Stirn. Sein Unbehagen wuchs, doch konnte er jetzt nicht mehr zurück. „Die Stimmen der anderen im Dorf werden drängender. Sie wollen ihn nicht länger unterstützen. Also soll ich als Oberhaupt eine Entscheidung treffen. Entweder Manuel fügt sich in unsere Gemeinschaft ein oder er muss gehen."

Calin blickte Amira an. Noch nie zuvor war ihm solch eine Aufgabe gestellt worden und das ließ ihn alles andere als kalt. Sorge und Wut zerrissen ihn beinahe. Er wollte nichts Falsches tun, aber musste der Junge ihn denn in solch eine Zwickmühle bringen? Warum konnte er nicht einfach so sein wie die anderen, jagen und leben in der Gemeinschaft wie es sich gehörte? Unbewusst ballte Calin die Hände zusammen. Seine Empörung wurde mit jedem Gedanken größer. Von wegen, die Tiere reden hören. Was für ein Unsinn, damit musste endlich Schluss sein! Ganz klar sah er jetzt es vor sich und aufgebracht sagte er schließlich: „Ich werde Manuel also vor die Wahl stellen. Entweder das Dorf oder die Einsamkeit!" Tief durchatmend lehnte er sich in seiner Hängematte zurück. Ja, das war sein Weg. *„Soll er sich meinetwegen für den Urwald entscheiden. Dann hat dieses ewige Hin und Her wenigstens ein Ende und im Dorf kehrt wieder Ruhe ein!"*

Doch während Calins Geist eine Lösung gefunden zu haben schien, flüsterte eine Stimme in seinem Herzen etwas ganz anderes. Unaufdringlich war sie, kleidete sich nicht in Wut, sondern in Hoffnung. *„Der Junge wird sich schon besinnen. Was soll er auch anderes tun? Er wird wohl kaum so verrückt sein, wirklich allein im Wald leben zu wollen!"*

Der Zauber beginnt ⚛

Plötzlich war es da, das Gefühl nicht allein zu sein. Unaufhaltsam dehnte es sich in ihm aus, wie er mit geschlossenen Augen auf dem Felsen lag. Es war ein gutes Gefühl, das Manuel lächeln ließ. Er sah keine Notwendigkeit, vor dieser Wahrnehmung Angst zu haben. Sie war warm und fühlte sich nach Zuhause an. Etwas, das Manuel nur mit dem Wald verband und vor dem hatte er nun wirklich keine Angst!

Und doch war etwas anders. Dieses Gefühl kam nicht von den Tieren oder Pflanzen. Ihre Zauber flackerten in Manuel auf wie Sonnenlicht, welches hier und da das Blätterdach durchbrach. Die Energie dagegen, welche er jetzt wahrnahm, blieb still. Unablässig ruhte sie auf ihm, wie der Blick eines Freundes. So zumindest stellte sich Manuel das vor. Er meinte sich in einen Traum versetzt und eine Weile ging er völlig darin auf.

Schließlich aber, losgelöst von der Enge seines Körpers, öffnete der Junge die Augen und kehrte in die Wirklichkeit zurück. Längst vergessen waren der harte Stein unter ihm und die Kühle der Nacht. Er blickte in den dunklen Himmel, erwartete funkelnde Sterne. Doch wurde er vollkommen überrascht, denn statt der Sterne sprenkelten unzählige kleine Lichter die Luft. Einer unsichtbaren Bahn folgend bewegten sie sich auf Manuel zu, bis sie ihn gänzlich umringten. Um besser sehen zu können, setzte der Junge sich auf. Seine erstaunten Augen folgten dabei den flatternden Bewegungen der leuchtenden Punkte. Sachte versuchte er, die Lichter mit den Händen zu berühren. Doch sie entglitten seinen Fingern, stoben in stets neuen Formationen auseinander. Ihr Reigen glich einem Locken, einem sanften Rufen, dem sich Manuel nicht entziehen konnte.

Die Geräusche des Urwaldes hatten sich zurückgezogen, kein Laut drang an Manuels Ohren. Alles in ihm konzentrierte sich auf das lustige Schillern und Schimmern um sich herum. *„Wo kommt ihr her? Wer hat euch hierher geholt?"* So fragte es in seinem Kopf, da Manuel sich sicher war, dass die Lichter ihn nicht von allein gefunden hatten. Denn noch immer war da dieses andere Gefühl. Das Gefühl, beobachtet zu werden.

⚜

Stets das Spiel der Lichter im Blick, wandte Manuel langsam den Kopf. Die Quelle musste hinter einem der Bäume am Rande der Lichtung liegen, es konnte gar nicht anders sein. Ohne weiter nachzudenken ließ der Junge sich vom Felsen auf die Erde gleiten. Kühle Grashalme begrüßten seine Füße und kitzelnd begleiteten sie seine Schritte auf dem Weg zum Lichtungsrand.

Unter all den Bäumen, welche die Wiese mit Blättern, Ästen und Schlingpflanzen einrahmten, gab es einen, der Manuels Blick besonders fesselte. Es schien, als umgäbe ihn ein sanftes Strahlen. Dieses Strahlen pulsierte und schon bald erkannte der Junge, dass es der Takt seines eigenen Herzen war, der diesem Pulsieren seinen Rhythmus gab. Sobald er den Gedanken zu Ende gedacht hatte, lösten sich die Lichter plötzlich aus ihrem Tanz und begannen, hinter dem Baum zu verschwinden. „Wo wollt ihr hin?" rief Manuel ihnen noch nach, während seine Beine bereits begonnen hatten, ihnen zu folgen.

Nach wenigen Tritten erreichte dann auch er den Stamm. Aufregung ließ seine Kehle trocken werden, in seinem Magen wirbelten tausend Flügel auf einmal durcheinander. Urplötzlich war da nur noch dieser eine Gedanke in seinem Kopf: *„Irgendetwas wartet hier auf dich..."* Ohne es weiter unter Kontrolle zu haben, näherten sich seine zitternden Finger dem Baum, tauchten ein in das pulsierende Strahlen. Das Licht umspülte sie wie fließendes Wasser, Manuel konnte die Bewegung deutlich spüren.

Als er dann die holzige Baumrinde berührte, hatte er seine Anspannung bereits vollkommen abgelegt. Er wusste einfach, dass er weiter musste. *„Vielleicht kommt jetzt der Augenblick, in dem... vielleicht auch nicht... Aber das ist egal, geh weiter!"* So sprach der Junge in Gedanken mit sich selbst, während seine Finger langsam vorwärts strebten und ihn so Schritt für Schritt auf die andere Seite des Baumes führten.

⁓

Und da sah er es. Ein Männlein mit rundem Bauch und merkwürdig stacheligen Haaren, die in alle möglichen Richtungen ragten. Ohne auch nur mit einer Wimper zu zucken, sah es Manuel an. Kurz stockte dem Jungen der Atem. „Wer...", doch zu mehr war er nicht in der Lage, denn im selben Moment fiel sein Blick auf des Männleins Hände. Dünne, astähnliche Finger spielten mit den Lichtern, die noch kurz zuvor um Manuel getanzt waren. Nein, sie spielten nicht, vielmehr schienen die Lichter aus den Fingern zu kommen und dann wieder darin zu verschwinden. Gebannt starrte Manuel auf dieses Schauspiel. *„Wie machst Du das nur?"*, war alles, was er in Gedanken fragen konnte.

„Ich stelle sie mir einfach vor. Ihr Flackern, ihr Prickeln auf meinen Fingerkuppen und dann ihren Flug durch die Lüfte. Ihre Drehungen, Spiralen, die sie vollführen wie im Wind wirbelnde Blätter." Plötzlich waren diese Worte in Manuels Kopf. Doch es war nicht seine Stimme, die er da vernahm. Es war die Stimme des Männleins. Dieses Wesen musste seine Gedanken gehört haben! Überrascht lösten sich Manuels Augen von den Fingern seines Gegenübers. Jetzt erst stellte er fest, was für eine wundersame Erscheinung da vor ihm stand! Klein wie ein Kind und doch irgendwie alt. Die Haare schienen grün zu sein. Zumindest flackerten sie grün auf im Schein der Lichter, die noch immer den knorrigen Fingern entsprangen. Weiter sah der Junge schrumpelige Haut und einen Schildkrötenfuß. Die Stirn runzelnd trat Manuel einen Schritt zurück. Befand er sich doch nur in einem Traum?

„Nein, das ist kein Traum. Ich bin der Enano, der Hüter des Waldes und ich komme aus der Welt, die du schon lange in dir spürst." Bei diesen Worten sah Manuel dem Männlein ins Gesicht und erkannte dessen Augen. Aus ihnen strahlte die Ruhe, welche ihn vom Felsen herab bis hinter diesen Baum gelockt hatte. Und da wusste er es: „Ich bin angekommen. Ich habe gefunden, was schon immer bei mir gewesen ist."

⁺

Mit einem Mal veränderte sich Manuels Welt, alles in ihm überschlug sich. „Das ist..." stammelte er, während Bilder der Vergangenheit ihn überrannten. Er taumelte, seine Beine drohten zu versagen. Sich an den Baumstamm klammernd, schossen ihm Tränen in die Augen und er atmete so tief ein wie nie zuvor in seinem Leben. Übelkeit rumorte in ihm, Blut rauschte in seinen Ohren. Sein Herz schmerzte so wie all die Zeit bisher, doch gleichzeitig fühlte Manuel etwas Neues. Die Last der Einsamkeit löste sich in Nichts auf, jegliche Angst wurde förmlich von ihm fortgerissen. „Dann ist es also wirklich wahr... Ich habe mir nichts eingebildet... " Seine Stimme zitterte, während er vor sich hin sprach.

„Nein, das hast du nie." Beruhigend legte der Enano eine Hand auf Manuels Schulter. Der Junge spürte ihre Wärme, sie breitete sich in ihm aus und gab ihm Halt. Da beruhigte sich sein Puls, die Übelkeit ließ von ihm ab. Ganz langsam konnte er den Stamm wieder loslassen. Er richtete sich auf und wischte sich die Tränen aus dem Gesicht. „Geht es dir gut?" fragte der Waldhüter besorgt. Kurz musste sich Manuel räuspern, um seine Stimme wiederzufinden, doch dann antwortete er: „So gut wie noch nie!" Und so war es tatsächlich. Mit jedem Augenblick fühlte sich der Junge leichter und schon bald konnte er gar nicht mehr aufhören, zu lächeln. „Da bin ich aber froh. Ein wenig Sorge hatte ich schon... Doch dafür ist jetzt keine Zeit, es gibt ja so viel zu besprechen. Komm!" Mit einem Wink bedeutete der Enano Manuel, ihm zurück auf die Lichtung zu folgen.

Immer wieder erstaunt den Kopf schüttelnd, ging der Junge dem Wesen hinterher. Diese unbekannte Leichtigkeit war wunderbar, auch wenn Manuel nicht wirklich verstand, wer der Waldhüter nun tatsächlich war. *Aber ich vertraue ihm.* Auch das erstaunte ihn. Doch das war nicht das einzig Neue. Denn während der Junge und der Enano sich dem Felsen in der Mitte der Wiese näherten, zog ein Wispern, ein Raunen durch den Urwald. Bis in seine entferntesten Winkel konnte man es hören: „Der Waldhüter! Der Waldhüter ist bei Manuel! Endlich!"

Alvaro ✤

„Wieder verdirbt mir Manuel den Appetit." Alvaro ließ seine Schale sinken. Es hatte keinen Sinn, der Geschmack des Essens hatte jede Farbe verloren, klebte wie nasse Erde an seinem Gaumen. Das Knistern des Feuers, welches sonst so beruhigend auf ihn wirkte, klang nurmehr befremdlich und auch der weiche Duft der Nachtluft war vergangen. Für nichts, das Wohlbehagen mit sich brachte, war mehr Platz hier vor der Hütte. Hier gab es nur noch Platz für seines Vaters Worte und die sprachen von Manuel. Manuel mit seinen Geschichten, Manuel mit seiner Abneigung gegen die Jagd, Manuel mit seinen blauen Augen.

Alvaros Blick verdunkelte sich. *„Nicht ein Tag vergeht ohne seinen Namen, so als würde er mitten unter uns leben. Doch das tut er nicht! Er gehört einfach nicht hierher. Das weiß er, das wissen wir."* Alvaros Herz fing wild an zu pochen. Am liebsten hätte er seine Gedanken laut ausgesprochen. Am liebsten hätte er gesagt, was er wirklich von Manuel hielt: *„Nichts weiter als ein Eindringling in das Dorf ist er!"* Schon lagen ihm die Worte auf der Zunge. Doch ihnen eine Stimme zu geben wäre respektlos gegenüber seinem Vater gewesen und so blieb er wieder einmal stumm. Grimmig presste er seine Lippen aufeinander und blickte in die Nacht. Die Hände verbarg er dabei in seinem Schoß, denn die weiß verkrampften Knöchel seiner Finger sprachen viel zu laut von seiner Wut.

So lange nagte der Zorn gegen Manuel schon an Alvaro, dass er nicht einmal mehr sagen konnte, wo der Ursprung seiner Gefühle lag.

Sie waren so undurchdringlich wie das Dickicht des Waldes. Einst hatte Manuel als ganz normaler Junge gegolten, doch dann hatte die Wahrheit über ihn Einzug in das Dorf gehalten. Er hatte tatsächlich behauptet, die Gedanken der Tiere hören zu können! Alvaro selbst hatte diese Behauptung inzwischen so oft aus Manuels Mund gehört, dass sich der Klang der Worte in seinen Ohren festgesetzt hatte. Ihr Summen und Surren übertönte so manch anderes Geräusch, wenn Alvaro nicht auf der Hut war. Sie ließen etwas Sanftes, etwas Weiches entstehen. Zu oft hatte Alvaro diese wärmende Zartheit schon gespürt und war darüber zutiefst erschrocken gewesen. Ja, die Worte hatten ihren eigenen Willen und entführten ihn, ließen ihn fast an ihre eigentümliche Wahrheit glauben. Und wenn dies geschah, war es äußerst schwierig, sich wieder auf die eigenen Pflichten zu konzentrieren. Genau das machte den Jungen so wütend, diese ständige Ablenkung. Er wollte das nicht! Trotzdem passierte es und er musste sich jedes Mal mit großer Anstrengung selbst zurückrufen, zurück in die Wirklichkeit. *„Alles Unsinn! Manuel hat die Stimmen nur erfunden, um nicht an unserem Leben teilnehmen zu müssen! Und ich bin nicht so wie er!"*

÷

Im Grunde gab es nur eine einzige Regel im Dorf: Jeder kümmerte sich um jeden. *„So einfach ist das!"* Trotzig blies sich Alvaro eine Haarsträhne aus dem Gesicht. Dass Manuel sich nicht an diese Regel hielt, konnte auch jemand ohne Ohren und Augen wahrnehmen. Er wollte nie mit auf die Jagd gehen. Behauptete, die Tiere würden zu sehr leiden. Die Menschen hätten kein Recht, sich einfach alles ohne Bitten zu nehmen. *„Als Jäger hat er sich nicht gerade einen Namen gemacht, einzig und allein davon will er mit seinem Gerede ablenken. Er ist ein Feigling."* Abschätzig schnalzte er mit der Zunge, was jedoch keiner seiner Eltern wahrnahm.

Und genau in diesem Moment geschah es. Eben noch starrte er vor sich hin, als er sie hörte, die Worte, die alles Vergangene beendeten. „Ich werde Manuel also vor die Wahl stellen." Völlig überrascht sah Alvaro seinen Vater an. Er musste sich geirrt haben. Doch was der Junge sah, ließ jeden Zweifel verstummen. Aufrecht und mit entschlossener Miene saß Calin am Feuer. „Das wirst du wirklich tun?" fragte Amira, leichtes Zögern lag in ihrer Stimme. Calin jedoch antwortete nicht, weiter seine Frau fest im Blick, nickte er nur mit dem Kopf.

Alvaro sah dieses Nicken wie ein Geschenk. *„Endlich...!"* war sein erster Gedanke. Fast euphorisch hob er dann seine Schale und leerte sie in einem Zug. Ein triumphierendes Lächeln schlich sich auf seine Lippen: *„Jetzt hilft ihm all sein Gerede nichts mehr. Und ich werde nicht mehr von seinen Worten verführt. Alles wird gut, sobald Manuel uns verlassen hat."* Denn dass dies seine Entscheidung sein würde, daran hatte Alvaro nicht den geringsten Zweifel.

Niemand sprach ein weiteres Wort und nach einer Weile erhob sich Calin aus seiner Hängematte: „Ich werde mich jetzt mit den Anderen treffen und ihnen meine Entscheidung mitteilen. Und du willst es bestimmt deinen Freunden erzählen, nicht wahr?" wandte er sich fragend an Alvaro. „Ja, sie warten schon, denke ich." „Gut, dann sehen wir uns alle später", verabschiedete sich Calin und ging davon.

Der Junge erhob sich ebenfalls, nahm seinen Speer und nickte seiner Mutter zu. Dann verließ er den hellen Kreis des Feuerscheins. Die Nachtluft hüllte ihn ein, hieß ihn willkommen in der Dunkelheit der Nacht. Vorfreude begleitete seine Schritte. *„Nun werde ich ihnen als Erster von Vaters Entscheidung berichten"*, lachte es in Alvaros Gedanken. Schon konnte er ihre Gesichter sehen. Die großen, stets neugierigen Augen seines Freundes Nuno. Der wachsame Blick von Puru und das allwissende Lächeln von Neko. Wie oft schon hatte er mit ihnen über Manuel gesprochen! Sie alle kannten und teilten seine Abneigung gegen ihn.

„Sie werden sich genauso freuen wie ich. Keiner mehr, der einen beobachtet, kein zusätzlicher Esser. Manuel wird sich schon zurecht finden. Das soll nun nicht mehr unser Problem sein!" Während er dies dachte, lief er über den kleinen Dorfplatz, vorbei an den flackernden Feuern vor den anderen Hütten. Nach wenigen Augenblicken hatte er ihren Treffpunkt dann erreicht. Hinter den Hütten, ungehört von den Erwachsenen, lag er. Weiter in den Wald hinein befanden sich die Bananenstauden, die so wichtig für das Dorf waren. Jetzt am Abend jedoch führte kein Weg mehr dorthin, denn Nebel kroch über den Boden zwischen den Bäumen. Schon als Kinder hatten Alvaro und seine Freunde gebührenden Abstand zu den nächtlichen Fingern gehalten, wollten sie doch nicht von ihnen fortgerissen werden. Und so lag auch ihr gemeinsamer Lagerplatz weit genug vom Waldrand entfernt, obwohl das Feuer und das Licht der Mondin Sicherheit vor den Gefahren der Nacht boten.

✢

Wie gewohnt, knisterten auch jetzt schon die Flammen. Alvaros Freund Puru saß auf dem Boden und bewachte das Feuer. Alvaro ließ sich neben ihm ins Gras sinken, den Speer quer über seine gekreuzten Beine gelegt. „Die anderen werden auch gleich kommen", meinte Puru. Alvaro nickte und versuchte, seine Aufregung hinter einem

Räuspern zu verstecken. Mit großen Augen starrte er in das Feuer. *„Sollen sie sich nur beeilen. Ich kann es kaum erwarten, ihnen die Neuigkeit zu erzählen!"*

Dann war es soweit. Nackte Füße raschelten durch das Gras, setzten sich im Kreis um die Feuerstelle. Murmelnde Worte wurden ausgetauscht, doch niemand stellte seine Stimme in den Vordergrund. Alvaro überkam das Gefühl, alle warteten einzig auf ihn. So als spürten sie schon jetzt eine Veränderung in der Luft und nur Alvaro wüsste um die Erklärung. *„Ein bisschen ist es ja auch so"*, lächelte er in sich hinein. Stolz wärmte seine Brust und er genoss die Wichtigkeit, welche ihm die anderen zugestanden. Trotzdem war er auch etwas angespannt. Nach Außen jedoch gab er sich gelassen, ungerührt stocherte er mit einem kleinen Stock im Feuer herum.

Als er dann nach einer Weile sicher war, dass wirklich alle Blicke auf ihn gerichtet waren, löste Alvaro seine Aufmerksamkeit vom flackernden Feuerschein und fing langsam an zu sprechen: „Heute Abend ist ein besonderer Abend. Unser Leben im Dorf wird sich ändern." Der Junge machte eine Pause. Zufrieden stellte er fest, dass schwarze Augen ihn anstarrten und Münder wortlos Fragen in der Luft formten. „Seit ich denken kann, werden wir im Dorf gestört. Vertrauen ist nicht für alle möglich." Wieder machte Alvaro eine Pause. Er blickte auf seine Freunde Neko und Nuno und wusste, dass sie ahnten, wovon er sprach. Und in so manch anderem Gesicht konnte er nun ebenfalls einen Anflug dieser Ahnung erkennen. „Ihr wisst, was ich meine. Es geht um Manuel." Einer nach dem anderen in der Runde atmete aus. Unbeirrt davon redete Alvaro weiter. „Mein Vater hat heute beschlossen, ihn vor die Wahl zu stellen. Entweder er lebt in unserer Gemeinschaft mit ihren Regeln oder er muss gehen."

⚜

Während Alvaro seine Worte auf die Anderen wirken ließ, entkrampfte sich sein Körper. Kurz fröstelte er, doch schnell verschwand das Gefühl wieder und machte Platz für die Kraft, in deren Genuss er eben gekommen war. Triumphierend, als wäre Calins Entscheidung seiner eigenen Ideenwelt entsprungen, blickte Alvaro einen nach dem anderen an. Zustimmung sah er in den Augen seiner Freunde. Und Bewunderung. Bewunderung für ihn als Überbringer der guten Nachricht. „Ab heute können wir wieder frei atmen. Ab heute hat Manuel keine Macht mehr über unser Dorf!", sprudelte es aus ihm heraus.

„Du meinst wohl eher, ab heute kannst du alles entscheiden!". Aus dem Nichts kommend schleuderte ihm eine Stimme diese Worte ins Gesicht. Alvaro wusste sofort, wem die Stimme gehörte. Selbst im lautesten Durcheinander des Waldes hätte er sie herausgehört. Sie übertönte alles, flatterte leicht durch die Luft und umschmeichelte seinen Geist. Um so schwerer traf ihn nun ihre eisige Härte. Benommen saß der Junge am Feuer und blickte ihr direkt ins Gesicht. „Rufina...", stammelte er. Doch das Mädchen drehte sich um und verschwand wortlos zwischen den Hütten des Dorfes.

Manuel fand sich in einem Gewirr aus Farben, Geräuschen und Düften wieder. Alles bewegte sich um ihn herum. Luftblasen stiegen vor seinen Augen auf, verbanden sich in bunten Wellen. Glitzernde Sonnenstrahlen fielen auf die Erde, in deren Schein Libellen vorüber glitten und nichts weiter hinterließen als eine Ahnung ihrer fast durchsichtigen Körper. Feine Himmelsschirmchen schwebten umher und knorrige Baumstämme reckten ihre alten, von der Zeit überwucherten Leiber der Wärme des Sonnenmannes entgegen. Unter Manuels Füßen knisterte der Boden und in seiner Nase nahm er den Duft des gesamten Waldes wahr. Von einem Geruch zum nächsten glitten seine Sinne, so dass sein Geist kaum folgen konnte.

Umsichtigen Schrittes ging der Junge vorwärts, während seine Blicke unermüdlich hin und her wanderten. Mit einer Hand fuhr er sich immer wieder durch die Haare, die Schönheit dieser Welt war ihm einfach unbegreiflich. So manche Stelle des Waldes schien eine undurchdringliche Wand zu sein, doch beim Nähertreten löste sie sich auf und ließ die Konturen der einzelnen Pflanzen erkennen. Ihre Farben flossen vor Manuels Blicken ineinander, alles um ihn herum war eins und doch getrennt. *„Wo bin ich nur?"* fragte er sich überwältigt.

Da spürte er eine sanfte Brise an seinen Ohren. „Willkommen! Willkommen in unserer Welt, Manuel!", klang es in ihm und ließ sein Innerstes wohlig erschauern. Es war der Wind, der zu ihm sprach. Auch Vögel kamen auf den Jungen zu, hauchten zarte Worte der

Begrüßung in sein Ohr und flogen wieder davon. Sie gaben Manuel die Antwort auf seine Frage. Er war hier, in der Welt, die bisher nur in seiner Vorstellung existiert hatte. Lächelnd blieb er stehen, schloss die Augen und genoss den Augenblick.

⸎

„Manuel!" Was war das für ein Laut? Zu weit weg war er, als dass der Ruf ihm hätte gelten können. „Manuel!" Wieder ertönte dieses Wort. Es klopfte an seine Gedanken und ließ ihn unwillig die Stirn runzeln. „Manuel, komm zu mir!" Nun, das galt wohl doch ihm. Die Worte riefen ihn zu sich und langsam öffnete der Junge die Augen. Schmunzelnd stand der Enano vor ihm: „Du hast den Weg gefunden. Das ist gut. Ich war nicht sicher, ob meine Worte auch die passende Tür für dich öffnen können." Manuel verstand gar nichts: „Habe ich doch nur geträumt?" Verstört blickte er den Waldhüter an. Dessen Lächeln wurde breiter. „Nein. Du bist hier, in unserer Welt. Kein Traum, einfach nur die Wahrheit."

Vorsichtig sah sich der Junge um. Und tatsächlich, alles war noch da! Die Farben, die vielstimmige Luft, der leuchtende Duft um ihn herum. Erleichtert atmete Manuel auf. *„Also doch nichts eingebildet...".* „Aber wie komme ich hierher?", blickte er den Enano erneut an. „Meine Worte haben dich geführt. Ich habe dir den Übergang hierher erzählt, du bist ihnen gefolgt."

„Ja, klar..." wollte Manuel schon abwinken, doch dann fiel ihm alles wieder ein. Der Enano hatte tatsächlich zu erzählen begonnen, auf der Lichtung im Wald: *„ Anfangs erschien mir alles nur konfus, aber dann war ich irgendwie plötzlich hier!"* „Ein Zauber...", flüsterte er vor sich hin. „Nein, das ist kein Zauber. Du bist nur in der Lage, die Welt hinter den Worten zu sehen." Die Stimme des Enano brachte etwas in Manuel zum Klingen. Dieses Gefühl kannte er! *„Die Welt hinter den Worten..."* Genau das war es, was er den Menschen seines Dorfes seit jeher zu erklären versucht hatte!

„Siehst du, im Grunde kanntest du dieses Geheimnis schon. Aber jetzt möchte ich dir etwas anderes über unsere Welt erzählen - und über dich.", riss der Enano Manuel aus seinen Überlegungen und gemeinsam setzten sie sich auf den Boden, mitten hinein in das wogende Farbenmeer. Nervös spielte der Junge mit seinen Fingern. Ein klein wenig Angst hatte er schon vor dem, was nun kommen würde. Wie würde sie wohl aussehen, die Wahrheit über ihn, seinen Platz? „Denn das wirst du mir nun erklären, nicht wahr?" fragte er bang. „Ja, so ist es. Doch zuerst höre mir einfach nur zu."

✣

Und damit führte der Waldhüter den Jungen tief hinein in die Welt der Natur. Er erzählte von Pflanzenseelen, den Stimmen der Bäume und den Geistern der Tiere. Aufgewühlt fand der Junge in den Worten die Wahrheit wieder, die er schon immer in sich getragen hatte. Nur war er nie wirklich in der Lage gewesen, ihr eine Gestalt zu geben. Jetzt jedoch wurde diese Wahrheit Wirklichkeit! Unbewusst rückte er näher an den Enano heran. „Du kennst die Bewohner des Urwaldes wie sie in eurer Welt erscheinen. Doch tief in dir weißt du, dass ihr Äußeres nicht alles ist." Manuel nickte stumm. „Ein jedes Wesen hat seine ureigensten Kräfte. Aber um ihre Kräfte zu verstehen, braucht es wissende Augen, offene Ohren und ein frohes Herz. Und du besitzt all dies."

Kurz verlor Manuel den Halt. Das klang nach etwas Großem... Nervös fragte er: „Die Stimmen kann ich hören. Aber wie kann ich antworten?" „Du kannst ihre Sprache lernen, indem du sie in all ihren Einzelheiten in deine Seele aufnimmst. Atme ihre Farben ein, berühre sie mit deinen Gedanken und schon bald wirst du selbst ihre Worte formen können." Manuel erinnerte sich an die Regenbogenblumen. Ihre Farben hatte er fast riechen können. „Genau! Jetzt solltest Du es nur noch üben und dafür sind wir hier."

Aufmunternd nickend rutschte der Waldhüter ein wenig zur Seite und gab den Blick frei auf eine Blume. Manuel kannte diese Blume, doch hier erschien sie so viel lebendiger. So voller Kraft. Das Rot ihrer Blütenblätter strahlte direkt in sein Herz. „Beachte einfach meine Worte." wiederholte der Enano. „Atme ihre Farbe ein, der Rest kommt dann von ganz allein."

„Also gut." In Wahrheit hatte Manuel keine Ahnung, was er tun sollte. Trotzdem atmete er noch einmal kräftig durch, gab sich einen Ruck und näherte sich der Blume. Ihre Blätter erzitterten leicht. Ob vom Wind oder der Aufregung konnte Manuel nicht sagen. Er wusste nur, dass er die zarte Pflanze um keinen Preis erschrecken wollte. Etwas unbeholfen lächelnd saß er also neben der Blume und begann, sie in allen Einzelheiten zu mustern.

☙

Zuerst meinte Manuel, auf einen Teich aus roter Farbe zu blicken. Kleine Unebenheiten breiteten sich wellenförmig auf den Blütenblättern aus. An manchen Stellen erschien das Rot dunkler, Untiefen gleich. Es war ein warmes Rot und Manuel fühlte sich sehr wohl darin. Immer tiefer und tiefer glitt er hinein in die Farbe, nahm die rote Strömung schließlich am ganzen Körper wahr. Es war wie ein Sog, doch Manuel hatte keinerlei Angst. Er ließ sich einfach in die Tiefe ziehen und genoss das weich perlende Wasser um sich herum.

„Ich bin untergetaucht", fiel es ihm dann irgendwann auf. Gleichzeitig erinnerte er sich an die Worte des Enano: „Atme ihre Farbe ein!" Und gerade, als er diesen Satz in Gedanken wiederholte, öffnete sich seine Nase und empfing den Duft der Blüte. Er war spitz wie das Knistern von brennendem Holz. Kleine rötliche Funken stoben durch Manuels Nase, kitzelten ihn mit heißen Fingern. Zur selben Zeit aber nahm er den Geruch frischen Wassers wahr. Das verwirrte ihn gründlich.

Da drang plötzlich eine Stimme zu ihm durch. „Hallo Manuel. Schön, dass du hier bist!" Die Worte waren eingehüllt in den roten Duft, knisternd heiß und doch kühl. Ohne weiter über sein Tun nachzudenken, antwortete der Junge: „Wer bist Du?" Sein eigener Ton überraschte ihn, denn auch er knackte wie Feuer und gluckste gleichzeitig wie die Wellen eines klaren Baches.

„Man nennt mich Flammenlilie. Und ich bin sehr froh, dass wir endlich miteinander sprechen können!" „Dann bist du die rote Blume?", fragte Manuel, sein Herz pochte heftig. „Genau die. Unser Freund der Enano hat mich gebeten, dir etwas von mir zu erzählen." Vertrauensvoll und gar nicht mehr schüchtern schmiegte sich die Flammenlilie an Manuel. Dann sprach sie weiter: „Ich trage meinen Namen nicht ohne Grund, wie du ja weißt. Ich beruhige Feuer nämlich dort, wo es nicht hingehört. Meine Blütenblätter besitzen eine kühlende Kraft, mit der sie verbrannte Körper erfrischen können. Die angegriffene Stelle muss nur von ihnen bedeckt werden und schon erlischt das Feuer, als hätte man alles in Wasser getaucht." Manuel verstand nun. „Ja natürlich! Deshalb knistert und kühlt deine Stimme gleichzeitig!" Die Flammenlilie lachte und nickte heftig mit ihrem Blütenkopf. „Und so ist es mit allen Wesen in unserer Welt. Kennst du ihre Stimmen, weißt du gleich um ihre Aufgabe."

Manuel ließ das Gehörte in sich nachklingen: „Ich kann also wirklich mit euch sprechen. Und damit kann ich auch alles über euch lernen?" Wieder nickte die Blume. „Das ist ja unglaublich.." Schon sah sich der Junge, wie er durch den Wald schlenderte, mit den Lebewesen dort sprach. Doch bereits nach ein paar Schritten fing er an zu stolpern und befand sich auf einmal wieder in seinem Dorf. Seine eigentliche Welt. Voll Unverständnis und Desinteresse. *Aber was willst du damit schon in deinem Leben anfangen...* " Ein tiefer Seufzer entfuhr ihm, resigniert starrte er vor sich hin. *„Ich kann bestimmt nicht hier bleiben..."*

᛭

„Das sollst du auch gar nicht, mein Junge. Deine Aufgabe ist eine andere." Freundlich erklang die Stimme des Enano. "Was bitte meinst Du denn mit meiner Aufgabe? Willst du es mir nicht endlich verraten?" Manuel hob den Kopf, als der Waldhüter wieder näher rückte. „Ja, das will ich nun tun. Ich gehöre nämlich zum Rat des Waldes. Wir haben es uns zur Aufgabe gemacht, die Wesen unserer Welt zu schützen und ihnen in der Not zu helfen. Ich bin mit der Heilung kranker Seelen betraut, andere weihen die jungen und noch Unerfahrenen unserer Gefährten in ihre Kräfte ein. Manche von uns sind sehr alt und voller

Weisheit, sie waren schon weit vor euch Menschen hier. Eure Ankunft und euer Leben haben sie genau beobachtet und doch konnten sie nie mit euch in Verbindung treten." Manuel saß nun ganz still, auf keinen Fall wollte er den Waldhüter unterbrechen.

„Es ist, als bestünde eine Mauer zwischen unseren Welten. Ein stummes, unüberwindliches Hindernis, welches einen Austausch unmöglich macht. So sind die Menschen nicht in der Lage, die Magie der Natur wahrzunehmen. Aber auch die Wesen unserer Welt können nicht von euch Menschen lernen. Ohne Wissen um die Bedürfnisse der anderen ist es ihnen nicht möglich, ihre Fähigkeiten weiterzuentwickeln und einzusetzen."

„Das verstehe ich. Doch was habe ich damit zu tun?", platzte es aus Manuel heraus, obwohl er die Antwort bereits erahnte. „Deine Seele ist umgeben von einem Lichtkranz. Eure Augen mögen ihn nicht sehen, doch wir haben ihn sofort bemerkt. Du besitzt die Fähigkeit, unsere Welt wahrzunehmen. Für uns steht damit außer Frage, dass nur du die Tür zwischen unseren beiden Welten öffnen und eine heilende Verbindung herstellen kannst."

In Manuel wurde alles still. Er hörte nur noch seinen eigenen Atem, während die Worte des Waldhüters immer tiefer in seinen Geist eindrangen. Und als sie auf dem Grund seines Inneren angelangt waren, wurde etwas in dem Jungen gerade gerückt. Er fühlte sich nicht länger schief und eingezwängt in seiner Haut. Sein Leben war nicht falsch, denn das war sie, die Antwort auf all seine schlaflosen Nächte. „Ich bin nicht krank, das alles hat einen Sinn. Tatsächlich einen Sinn...

Und du bist dir da auch ganz sicher?" „Natürlich, du wirst schon sehen." antwortete der Enano schmunzelnd. „Und ich werde dir helfen. Ich lasse dich nicht mehr allein."

Die Entscheidung ⚴

Der Morgen begann wie immer. Feuchtigkeit bedeckte das Dorf und nur langsam fanden die Menschen aus ihrem Schlaf zurück. In den Hütten wurde müde gemurmelt, während leise schlurfende Schritte auf dem lehmigen Boden zu hören waren. Selbst das Rauschen der Blätter im Wind klang verhalten, so als wollten sie niemanden stören. Einzig die Brüllaffen, die sich weit entfernt durch die Äste im Wald schwangen, durchbrachen die morgendliche Ruhe mit ihren Stimmen, um den neuen Tag zu begrüßen.

Calin erwachte und öffnete gähnend die Augen. Bilder der letzten Nacht schwirrten durch seinen Kopf. Die Entscheidung, Manuel endgültig vor die Wahl zu stellen, war von allen willkommen geheißen worden. Diese Unterstützung machte die Angelegenheit für ihn als Häuptling einfacher, denn obwohl Calin in keinem Augenblick zweifelte, spürte er doch wieder einen leichten Widerwillen. Immerhin würde er das Schicksal Manuels vor die Wahl stellen. Das war eine große Sache. *„Aber was soll schon passieren? Irgendjemand muss ihn ja aufrütteln und zur Vernunft bringen!"*, beruhigte er sich selbst.

Damit erhob er sich von seiner Schlafstatt und trat hinaus ins Freie. Vor der Tür reckte er sich und blinzelte in das Tageslicht, um dann der Holzleiter hinunter auf festen Boden zu folgen. Die klare Luft belebte ihn, er fühlte sich zu allen Herausforderungen bereit. Doch noch war es früh und so kniete er sich vor der Feuerstelle seines Hauses nieder. Mit einem dürren Ast stocherte er in der Asche, legte dann Stück für

Stück neues Holz dazu und bald prasselte es in seinen Ohren, als wäre das Feuer nie erloschen gewesen.

„Das ist ein guter Morgen." Lautlos hatte Amira die Hütte verlassen und trat nun an Calins Seite. Mit einer Hand strich sie über seine Schulter, während ihre Augen an den neu erwachten Flammen hängenblieben. „Ja, das ist ein guter Morgen. Und es wird ein noch besserer Tag." Der Häuptling der Puchua blickte seine Frau an. „Heute wirst du mit Manuel sprechen, so wie du es beschlossen hast." Kurz meinte Calin, einen Anflug von Nachdenklichkeit in ihrer Stimme zu hören. Doch schon war dieser Augenblick wieder verflogen und Amira lächelte ihn an. „Jetzt ist einfach der Moment gekommen." Amira nickte zu Calins Worten, setzte sich auf den Boden und begann, die erste Mahlzeit des Tages vorzubereiten.

Fast gleichzeitig trat auch Alvaro zu ihnen beiden, noch sichtlich verschlafen. Seine Augen wollten sich nicht öffnen, unwillig blickten sie Calin und Amira an. „Du warst lange fort heute Nacht", stellte Calin fest. „Ebenso wie du" war Alvaros knappe Antwort. Der Junge ließ sich neben seiner Mutter nieder und wortlos warteten er und Calin, dass die Suppe im Topf fertig wurde.

Als Calin seine Schale endlich in Händen hielt, aß er ungewohnt schnell. Unruhe machte sich nun doch in ihm breit und mit jedem Bissen wurde sie größer. Nach dem letzten Löffel Suppe hielt er es deshalb nicht mehr länger aus: „Ich gehe jetzt." Seine Worte durchbrachen die Stille über dem Feuer wie das Donnern eines

Regensturms. Gleichzeitig sahen Amira und Alvaro ihn an. „Ja, geh und tu, was dir der heutige Tag aufgetragen hat."

⁜

Mit klopfendem Herzen erhob sich Calin und machte sich auf den Weg. Er war sich sehr wohl der Blicke bewusst, die ihn begleiteten, doch seine ganze Aufmerksamkeit war auf das Treffen mit Manuel gerichtet. So überquerte er schnellen Schrittes den kleinen Dorfplatz und erreichte schließlich die letzte Hütte am Rande der Gemeinschaft. Erst dort hielt er inne, um noch einmal tief durchzuatmen. Dann erklomm er die kleine Leiter und trat in das Innere.

„Manuel?" Die Wände der Hütte reichten nicht bis zur Decke und so erfüllte den Raum schon jetzt das volle Tageslicht. Für Calin war es deshalb nicht schwer, Manuel auf seiner Schlafstätte zu entdecken. Ruhig trat er näher, rief noch einmal den Namen des Jungen. Dann ließ er sich auf dem Boden nieder und beobachtete, wie Manuel sich langsam vom Schlaf befreite. Als ihre Blicke sich trafen, konnte er ein väterliches Lächeln nicht verhindern. Und eigentlich wollte er das auch gar nicht. *„Er ist bei uns aufgewachsen, wir haben ihn elternlos wie er war, beschützt. Er wird sich fügen."*, sprach sein Herz.

Manuel blickte ihn erstaunt an und setzte sich mit einem Ruck auf. „Calin! Was tust du hier?" „Ich bin gekommen, um mit dir zu sprechen. Es ist an der Zeit, dich zu entscheiden." Zwar hatte Calin für den Anfang auf andere Worte gehofft, doch nun waren eben diese aus ihm herausgekommen. *„Gut, dann sollte es wohl so sein."* Manuel verstand ihn sofort, das konnte er in dessen Augen sehen.

49

Nach einer kleinen Pause fuhr der Häuptling fort: „Ich muss dir nicht erzählen, welche Schwierigkeiten die anderen im Dorf mit dir haben. Und ich muss dir auch nicht erzählen, wie unglaubwürdig und wirr deine Worte in unseren Ohren klingen. Du kennst die Konsequenzen am besten von uns allen." Calin hatte sich die Unterredung schwieriger vorgestellt. Er hatte geglaubt, verlegen um Worte ringen zu müssen. Doch sie kamen einfach, unaufhaltsam strömten sie in den Raum und füllten diesen an. Also sprach er ohne Zögern weiter. „Unsere Gemeinschaft kann dich nicht mehr unterstützen, wenn du deine Aufgaben weiterhin verweigerst. Darum bitte ich dich, lass dein bisheriges Leben hinter dir und komm zu uns! Nur in der Gemeinschaft ist der Dschungel ein gutes Zuhause, du wirst sehen."

❖

Calin atmete aus und sah Manuel an. Jetzt war es an dem Jungen, sein Schicksal in die Hände des Dorfes zu legen. Entspannt wartete er also, doch Manuels Antwort traf ihn wie ein Schlag: „Du verlangst von mir, meine Seele aufzugeben." „Was? Wovon redest du denn? Wir wollen doch nur dein Bestes!" „Aber das ist nicht das Beste für mich, seht ihr das denn nicht?" Fassungslos starrte Calin Manuel an. Was sprach der Junge da? Seine Seele aufgeben. Er sollte doch nur von seinen Verrücktheiten ablassen und endlich zur Vernunft kommen. Abwehrend hob der Häuptling die Hände, schüttelte den Kopf. Das konnte einfach nicht wahr sein.

Aber schon im nächsten Augenblick dämmerte es Calin. War es vielleicht doch so, wie Manuel sagte? Wollten sie vielleicht doch seine Seele? Der Häuptling der Puchua geriet ins Nachdenken – und das war äußerst unangenehm. „Was ihr meint, ist doch folgendes: Wenn ich genauso werde wie ihr, akzeptiert ihr mich. Ansonsten muss ich gehen." Da wurde Calin bewusst, dass er diese letzte Konsequenz noch gar nicht ausgesprochen hatte. Aber der Junge hatte ihn natürlich trotzdem verstanden. „Ja, so ist es." Mehr blieb ihm jetzt nicht mehr zu sagen.

„Was ihr für Dummheiten haltet, ist für mich die reine Wahrheit. Ich kann es nicht ändern." Offen blickte Manuel Calin ins Gesicht. „Ich kann mich nicht verbiegen, niemand sollte das tun müssen. Meine Wahl ist deshalb sehr einfach. Ich verlasse das Dorf." Die Worte trafen Calin mitten ins Herz. Das war es also. Das war Manuels Entscheidung. Sie war so anders, als Calin erwartet hatte. Und sie ließ kein weiteres Gespräch zu, das konnte er deutlich spüren. Manuel würde tatsächlich gehen und er hatte das zu verantworten.

Die Dunkelheit bricht an ÷

Den ganzen Tag war er nun schon gelaufen, aber bis jetzt hatte er keine Erklärung finden können. Was war nur geschehen? Manuel verstand es einfach nicht. Die Begegnung mit dem Waldhüter hatte doch alles verändert. Die Welt war plötzlich so klar, so vollkommen gewesen. Er kannte seine Aufgabe! Und trotzdem war er jetzt hier, ohne Zuhause und wieder allein. Während sich der Urwald mit seinen Bäumen und Lianen um ihn bewegte, dröhnte das Echo der Unterhaltung mit Calin in seinen Ohren. Zorn blitzte dabei in ihm auf. Ungerecht war das. Erst hatte er seine Eltern verloren und nun war er auch noch ausgestoßen worden, nur, weil er anders dachte.

Ungestüm stampfte der Junge mit dem Fuß auf und hätte am liebsten irgendwo dagegen getreten. Doch wollte er nichts in diesem Wald verletzen. Die Pflanzen konnten nun wirklich nichts für seine Enttäuschung. Stattdessen lief er weiter, ballte seine Hände wütend zusammen, bis sie wehtaten. Um nichts in der Welt würde er seine Entscheidung rückgängig machen! Irgendwie würde es schon weitergehen, ganz sicher. Nur wie?

Diese Frage drehte sich in seinem Kopf, bis ihm schwindlig war. Da endlich blieb Manuel stehen. Völlig verloren fühlte er sich und leer vor sich hin starrend sank er schließlich zu Boden, sein Proviantbeutel und der Wasserschlauch rutschten ihm von der Schulter, fielen unbeachtet ins Laub. Auch das Licht der Mondin, welches die Nacht ankündigte, nahm Manuel nicht wahr.

Während er so in der beginnenden Dunkelheit des Abends klein und verlassen zwischen den Bäumen saß, löste sich plötzlich der Waldhüter aus den Schatten und setzte sich neben den Jungen. „Enano! Wo bist du nur gewesen?" Verzweiflung sprach aus Manuels Stimme. „Es ist alles aus. Ich habe versagt. Ich kann euch nicht helfen. Ich kann niemandem mehr helfen.", stammelte er vor sich hin.

„Beruhige dich bitte. Es ist nichts passiert, das nicht einen Sinn hätte. Du hast nicht versagt! Ich weiß, was die Menschen in deinem Dorf verlangt haben. Und ich weiß, dass deine Entscheidung die einzig Richtige gewesen ist." Manuel blickte den Enano an. „Du hast deine Richtung gewählt und sie wird dich dorthin bringen, wo du deine Aufgabe erfüllen kannst." „Du meinst also, nichts ist verloren?" fragte der Junge hoffnungsvoll. „Genau das meine ich. Und jetzt komm, es gilt, noch einen Schritt weiterzugehen." Damit erhob sich der Waldhüter und ging auf das umliegende Dickicht zu.

✢

Die Worte seines Freundes wärmten Manuel. Die Bilder von Calin und den anderen im Dorf schob er entschlossen beiseite, viel lieber würde er dem Enano folgen als sich von seiner Wut leiten zu lassen! Doch gerade, als der Junge neuen Mut schöpfte und ebenfalls aufstehen wollte, wurde sein Blick von etwas Merkwürdigem über ihm gefangen. Ein Schatten lief über den Himmel, verdunkelte die Öffnung im Blätterdach, durch welche eben noch die Mondin geblickt hatte. Dann, einen Lidschlag später, flogen unzählige Sternschnuppen über den Bäumen hinweg, die so hell leuchteten, dass der Junge eine Hand schützend über die Augen legen musste. So etwas hatte er noch nie gesehen! Sie glitzerten und glühten, füllten das freie Stück Himmel über Manuel aus, ließen keinen Platz dort oben für die Dunkelheit der

Nacht. Aber schon im nächsten Moment waren sie wieder verschwunden, verschlungen vom Irgendwo zwischen den Baumwipfeln des Waldes.

Und dann war es nur noch schwarz. Keinen Baum, keine Blätter und keine Lianen konnte Manuel mehr vor seinen Augen ausmachen. Die bunten Blütenkelche und die schwirrenden Flügel der Insekten waren verschluckt worden, Käfer und anderes Getier einfach vom Erdboden verschwunden. Dem Jungen war, als wäre er mitsamt der Welt in ein unergründliches Loch gefallen. Langsam erhob er sich, schwankend und mit zitternden Knien. Aus Angst, aus Versehen etwas Unbekanntes zu berühren, blieb er aber vorerst stehen. Sogar seinen Atem hielt er flach. Nicht einmal der Enano, der gerade noch ein paar Schritte von ihm entfernt gewesen war, war mehr sichtbar für ihn. Da war einfach nichts! Alles Leben hatte sich in Schwärze aufgelöst. Affen, Vögel hatten ihre Stimmen verloren, nicht ein Krächzen drang zu Manuel. Den Jungen beschlich die entsetzliche Angst, auch er selbst könnte sich aufgelöst haben. Doch sein Herz, das ihm laut und deutlich in den Ohren pochte, überzeugte ihn vom Gegenteil.

„Enano?" Manuels Stimme zerriss die Stille der Dunkelheit. Sein Körper verharrte noch immer regungslos, doch sein Geist war in voller Aufruhr. „Waldhüter? Wo bist du?" Manuels sonst so scharfe Augen irrten wie blind durch die Schwärze in der Hoffnung, wenigstens eine kleine Bewegung seines Begleiters zu erhaschen. Der Enano konnte doch nicht einfach wie das Licht verschwunden sein!

Panik stieg in Manuel hoch und beinahe hätte der Junge den Wandel um sich gar nicht bemerkt. Denn langsam verlor die Dunkelheit ihre Tiefe. Unendlich langsam zwar, aber dennoch sah der Junge schließlich so etwas wie einen Schatten. Und dann war da tatsächlich eine Bewegung. Sie war nur kurz, doch Manuel hatte sie ohne Zweifel gesehen. „Manuel! Ich bin hier", kam die Stimme des Enano aus der gleichen Richtung, die den Blick des Jungen gefangen hielt. Immer deutlicher wurde der Umriss des Waldhüters. Die Panik, welche Manuel eben noch die Luft genommen hatte, wich von ihm und wie ein Ertrinkender schnappte er nach Luft.

✢

Vorsichtig begann er, einen Fuß vor den anderen zu setzen, sich mit den Händen vorwärts zu tasten. Der Wald erwachte um ihn herum, die Geräusche fanden zögernd ihren Weg zurück in die Welt. Leise und verschreckt blies der Wind zwischen den Bäumen hindurch, brachte das ein oder andere Vogelgezwitscher mit. Schüchtern erhoben Nachtgrillen ihre Stimme, aber es wurde nicht wie sonst ein Konzert daraus. In seiner Aufregung jedoch achtete Manuel nicht weiter auf sie. Zu sehr war er mit dem Versuch beschäftigt zu verstehen, was soeben geschehen war. *„Habt keine Angst..."*, flüsterte sein Herz, doch die Worte waren eher an sich selbst als an die Wesen des Waldes gerichtet.

Nach ein paar Schritten hatte der Junge den Enano dann erreicht. Er roch dessen holzige Haut, konnte seinen Atem hören. „Was war das?" Immer noch zitterte seine Stimme, doch die Nähe zum Enano ließ seine Angst allmählich in den Hintergrund treten. „So etwas habe ich noch nie gesehen. Und warum ist es jetzt so dunkel?" Mit jedem Atemzug wuchs das Gefühl in ihm, etwas gänzlich Furchtbares sei geschehen. Der Waldhüter drehte sich langsam zu ihm um. Nur schwer konnte Manuel die Züge seines Gegenübers in der Dunkelheit erkennen. Doch meinte er, in entsetzt aufgerissene Augen zu blicken. „Horch auf die Worte in der Luft...", flüsterte der Enano kraftlos. Und da verstand Manuel die Stimmen um sich herum: „Die Mondin hat ihr Licht verloren! Die Mondin hat ihr Licht verloren!"

Teil II

Finde das Licht - Im Innen sowie Außen

Alvaro zieht aus ÷

Der Schreck saß Alvaro immer noch tief in den Knochen, auch wenn der Morgen bereits anbrach und die Dunkelheit verblassen ließ. Die Bilder der vergangenen Nacht würden ihn nie wieder verlassen. Die plötzliche schwere Düsternis, das verlorene Gefühl in seiner Seele, als sich die Welt in tiefste Schwärze aufgelöst hatte. Und dazu diese furchtbare Stille! Sogar der Atem der Erwachsenen schien verstummt gewesen zu sein angesichts ihrer Blindheit. Bis das leise, verzweifelte Wimmern der Kinder sie aus ihrer Starrheit befreit hatte. Gemurmel, ratlose Fragen waren erhoben worden. Wo war nur das Licht der Nachtfrau geblieben? Was sollten sie jetzt tun?

Auch wenn alle irgendwie durcheinander geredet hatten, waren sie zu keinem wirklichen Entschluss gekommen. Niemand hatte eine Antwort gewusst, selbst Calin war stumm geblieben. Im Schock gefangen waren die Menschen schließlich einer nach dem anderen in ihren Hütten verschwunden, hatten ihre Ratlosigkeit mitgenommen. Auch Alvaro war seinen Eltern gefolgt, ohne Worte hatte sich jeder zu seiner Schlafstatt begeben. Zu diesem Zeitpunkt war der Junge noch zu durcheinander gewesen, konnte nicht klar denken. Doch jetzt wusste Alvaro genau, was er zu tun hatte. Die ganze Nacht war er wach gelegen und hatte darüber nachgegrübelt. Sein Kopf war fast geplatzt, weil ihn so viele Gedanken auf einmal bestürmten. Ein *Wenn* hatte das nächste *Aber* gejagt, alles hatte sich im Kreis gedreht. Irgendwann jedoch hatte sich der Sturm gelegt und der Junge hatte seinen Weg klar vor sich gesehen. Ja, die ganze Sache machte ihm entsetzliche Angst, aber es blieb nichts anderes übrig! Er musste seinem Dorf helfen. Aus irgendeinem Grund fühlte er sich dazu auserkoren. Das war ein starkes Gefühl und jetzt, da Alvaro es entdeckt hatte, ließ es ihn nicht mehr los. Woher er den Mut dafür nahm, wusste er nicht. Sein Herz flüsterte ihm zu: „Geh los, suche das Licht! Werde ein angesehener Mann, mach dich auf diese Weise nützlich und beweise Rufina, dass du kein aufgeblasener Gockel bist!"

Unruhig drehte er sich auf seiner Schlafstatt auf den Rücken. „Rufina..." Der Gedanke an sie dämpfte seine Erregung. Den ganzen vergangenen Tag hatte sie ihn gemieden. Die Worte beim Treffen, als er den anderen von Calins Entscheidung erzählt hatte, waren ihre letzten gewesen. Und dann war Manuel tatsächlich gegangen! Eigentlich hätte sich Alvaro darüber freuen müssen, doch diese Freude hatte einen bitteren Beigeschmack. Er fühlte sich wie ein schlechter Mensch. „In ihren Augen bin ich das wohl auch..." Ein tiefer Seufzer entfuhr ihm. Dabei wünschte er Manuel im Grunde nichts Böses. Er sollte sie alle nur in Ruhe lassen! „Nun, das tut er jetzt ja auch. Für seine Entscheidung bin ich nicht verantwortlich", dachte er störrisch bei sich. Der Anflug eines hinterhältigen Lächelns stahl sich auf seine Lippen, als seine Gedanken noch einen Schritt weitergingen: „Alle haben natürlich wieder nur von ihm gesprochen. Doch wenn ich erst mit dem Licht zurückkehre, werden sie nur noch von mir sprechen. Und Manuel ist vergessen..." Trotzdem nagten Rufinas Blicke an Alvaro. Er wollte um keinen Preis, dass sie schlecht über ihn dachte. „Deswegen werde ich gehen. So wird sie begreifen, wer ich bin."

Jetzt musste er nur noch seinen Eltern von seinem Entschluss berichten. „Was werden sie wohl sagen? Vater wird es mir mit Sicherheit verbieten. Aber ich werde trotzdem gehen." So gewappnet, erhob sich Alvaro. Sein Speer lehnte wie gewohnt an der Wand neben seinem Nachtplatz und einige Pflanzenbündel hingen im Raum verteilt von den Deckenbalken herab, um mit ihrem Duft lästige Moskitos fernzuhalten. Die Nacht war nun gänzlich dem Morgen gewichen und fast war es, als hätte sie den dunklen Schrecken wie einen Traum mit sich fortgenommen. *„Aber es war kein Traum..."*, ermahnte sich der Junge.

⁓

Obwohl Alvaro sich bemühte, möglichst wenig Geräusche zu machen, knarzte der Holzboden unter seinen Schritten, als er den Raum durchquerte und neben seinen schlafenden Eltern stehenblieb. „Vater, Mutter?", rief er leise. Calin öffnete die Augen und blickte ihn an. Alvaro sah, dass sein Vater sogleich die Veränderung seines Sohnes wahrnahm. „Ich muss mit euch reden", sagte er deshalb ohne Umschweife und ließ sich neben ihnen nieder. Sein Vater rüttelte sanft an der Schulter seiner Frau. „Amira, wach auf. Unser Junge..." Doch weiter musste er nicht sprechen. Schon diese wenigen Worte hatten Amira erwachen lassen und gemeinsam setzten sie sich auf.

Alvaros Herz schlug nun doch etwas schneller. Calin schien diese Aufregung zu spüren. „Dich beschäftigt die letzte Nacht?" fragte er. „Ja, so wie wohl alle von uns." Und ohne weiter darüber nachzudenken, platzte es aus dem Jungen heraus: „Ich werde das Licht der Mondin suchen." Erschrocken über sich selbst schloss Alvaro den Mund schnell wieder. Trotzdem schaffte er es, seinen Eltern gerade ins Gesicht zu blicken.

In den Augen seiner Mutter spiegelte sich einfach nur Angst um ihren einzigen Sohn. Bei seinem Vater aber sah Alvaro mehr. So etwas wie Verständnis. Damit hatte er nun wirklich nicht gerechnet. *„Vielleicht hat er genau wie ich die ganze Nacht über diese Möglichkeit nachgedacht"*, kam es ihm kurz in den Sinn. Doch schnell wurde ihm die Unsinnigkeit dieses Gedankens klar. Niemals würde Calin einen anderen Platz für ihn im Auge haben als hier im Dorf. Er musste sich getäuscht haben. Calins nächste Worte bestätigten ihm diese Vermutung: „Ich habe überlegt, selbst auf die Suche zu gehen." Sich innerlich auf starken Widerstand vorbereitend, wartete Alvaro darauf, dass sein Vater weiter sprach. „Doch das Dorf braucht mich hier. Es ist also an der Zeit, dass sich ein anderer an meiner Statt seinem Abenteuer stellt." Schon wieder eine Überraschung! Ungläubig blickte Alvaro seinen Vater an. Seine Ohren mussten ihm einen Streich spielen! Er hörte Amira tief einatmen und sah, wie sie nur schwer die Tränen zurückhalten konnte.

„Mich erstaunen meine Gedanken genauso wie euch" sprach Calin weiter. „Noch vor wenigen Tagen hätte ich dir nicht erlaubt, auch nur in so eine abenteuerliche Richtung zu denken. Nächte allein im Wald, ohne den Schutz des Dorfes und des Nachtlichtes. Die Nebelfinger und all die anderen Gefahren dort draußen, die wir nicht kennen. Doch ein Gespräch hat mir eine Wahrheit vor Augen geführt. Nicht der Hochmut eines Einzelnes sollte über einen anderen bestimmen. Jeder ist frei, seinem eigenen Weg zu folgen. Nun, dass ausgerechnet du derjenige sein würdest, der das Licht zu uns zurückbringt, macht mir Angst. Aber du hast den Ruf gehört, nun folge ihm auch."

Sichtlich verwirrt konnte Alvaro zuerst gar nicht reagieren. Stumm saß er da, seinen Vater nur anblickend. Doch dann, ganz langsam, dämmerte ihm die Bedeutung des Gesagten und das Feuer der vergangenen Nacht fing erneut an, in ihm zu brennen. *„Dann mache ich mich tatsächlich auf die Suche! Und alle werden staunen, besonders Rufina..."* Die Aussicht auf seinen Erfolg ließ Alvaro lächeln. Calin sprach: „Du solltest nun keine Zeit mehr verlieren. Je schneller du bei Tage vorankommst, desto weniger musst du dich bei Nacht bewegen." Die Worte seines Vaters riefen Alvaro wieder die Gefahren seiner Unternehmung ins Gedächtnis. Doch er würde seinen Weg finden, dessen war er sich sicher. Und mit dieser Sicherheit stand er nicht allein. Genau hatte er die Worte seines Vaters gehört: „Du wirst das Licht zurückbringen."

✢

Aber Calin hatte noch mehr gesagt. Alvaro schob die Worte in Gedanken hin und her, bis er schließlich nicht mehr anders konnte. „Wer hat dir von dieser anderen Wahrheit erzählt?" Fest hielt sein Vater daraufhin seine Augen auf ihn gerichtet: „Das war Manuel. Und er hat recht."

Der Rat des Waldes ÷

Bei Anbruch des Tages waren Manuel und der Enano schon längst unterwegs. „Weisst du, einige Pflanzen verlieren ohne den Schein der Himmelsfrau ihr Licht. Und manche Tiere finden ihren Weg nur mit Hilfe der Mondin. Ohne sie jedoch sind sie in der Dunkelheit verloren. Sie alle werden vergehen, wir müssen also schnell handeln!" So hatte der Waldhüter gesprochen und Manuel einfach mit sich gezogen. Damit waren sie jetzt auf dem Weg zum Rat des Waldes. „Wenn jemand weiß wo wir die Laterne finden können, dann sind sie es!" rief der Enano Manuel im Laufen zu. Dabei wäre er fast gestolpert. Der Schreck über das nächtliche Ereignis hatte ihn wohl doch empfindlicher getroffen als er sich bislang eingestanden hatte. Aber auf sich selbst konnte er im Moment nicht achten. Noch einmal blickte er sich nach dem Jungen um. *„Wird er sich auf die Suche machen? Und wird er die nächste Prüfung bestehen? Oder ist es vielleicht doch noch zu früh?"* Nachdenklich lief der Enano weiter. Er musste es einfach wagen. *„Es gibt keinen späteren Zeitpunkt mehr. Jetzt oder nie."* Unbewusst nickte er mit dem Kopf, so dass seine Haare hin und her schaukelten. Dann begann er zu suchen. *„Sie muss hier irgendwo sein, ich kann ihre Anwesenheit spüren..."*

Mit Blicken durchstöberte der Waldhüter das Unterholz, bis ein „Ah!" über seine Lippen kam. Er beugte sich über ein Gewirr aus tiefgrünen Blättern. Der Strauch war zwar noch niedrig, doch waren seine Äste schon jetzt unbeugsam und voller Kraft. Seine länglichen Blätter reckten sich dem Licht des Sonnenmannes entgegen, welches durch das Dach des Waldes zu ihnen drang. „Da bist Du ja...", flüsterte der Enano. Sanft glitten seine Finger über die Blätter. „Ich habe dir jemanden mitgebracht." Ein Prickeln lief über seine Handfläche, mit dem die Pflanze ihn begrüßte.

Als Manuel ihn schließlich erreichte, sagte der Waldhüter: „Trotz unserer Eile musst du noch Einiges lernen. Zuallererst ist es daher wichtig, dass du auch ohne meine Hilfe in die Welt der Natur gelangen kannst." Manuels Augen weiteten sich, doch ohne darauf einzugehen fuhr der Waldhüter fort: „Wir nennen diese Pflanze hier die Ranke der Seelen. Sie ist das Tor für dich." Damit deutete er auf den kleinen Strauch vor sich. *„Hoffentlich funktioniert es..."* dachte er bang bei sich. Laut jedoch sagte er einfach: „Du weißt was zu tun ist mein Freund. Wir treffen uns in meiner Welt." Und damit wandte er sich von Manuel ab, konzentrierte sich auf seinen eigenen Weg.

✢

Der Strudel der Magie erfasste den Waldhüter auf Anhieb. Mit geschlossen Augen ließ er sich fallen, ging darin unter. Es war wie ein Bad in einem kühlen See. Irgendetwas zog ihn zu sich und schwerelos trieb sein Körper im Sog vorwärts, sogar seine Haare schwammen befreit um seinen Kopf. Wie lange er dahintrieb konnte der Enano nie sagen. Es fühlte sich jedes Mal nach einer Ewigkeit an, doch stets tauchte er nach weniger als einem Lidschlag wieder auf. So auch jetzt. Er spürte eine Aufwärtsbewegung, bunte Schatten tanzten vor seinen geschlossenen Augen und schon spie ihn das Wasser am Strand seiner Welt aus. Dass es seine Welt war, vermochte der Waldhüter auch ohne zu sehen sofort zu sagen. Grüner Duft hing in der Luft, der Wind flüsterte in vertrautem Ton und der Boden fühlte sich wärmer, weicher an als in der Welt der Menschen.

Heute jedoch schwang noch etwas anderes durch den Raum zwischen den Bäumen. Angespannt öffnete der Enano die Augen. Deutlich weniger Himmelsschirmchen schwebten an ihm vorbei und selbst die Strahlen des Sonnenmannes, die sich in den winzigen Tautropfen überall auf den Blättern sammelten, wirkten irgendwie fleckig. Immer wieder verschwand der Wind in unsichtbaren Luftlöchern, das ein oder andere Vogelgezwitscher rutschte in ein Krächzen ab. Keiner hier hatte die letzte Nacht unbeschadet überstanden. Gänsehaut überkam den Hüter des Waldes bei diesen ersten Folgen der nächtlichen Katastrophe. Der Gedanke an Manuel tat sein Übriges. *„Eigentlich müsste er schon längst hier sein..."* Doch noch ehe sein Magen sich weiter nervös zusammenziehen konnte, erschien der Junge hinter einem Baum.

„Manuel! Du hast es geschafft!". Erleichtert sprang der Enano auf und lief ihm entgegen. „Ja, es hat wirklich funktioniert!", lachte der Junge laut. Aber gerade als er weiter sprechen wollte, unterbrach eine zarte Stimme die beiden Freunde. „Sie warten schon auf euch!" kam es ungeduldig aus dem Nichts. Der Waldhüter kannte diese Stimme! Lächelnd drehte er sich um und blickte den Tausendflügler an. Aufgeregt flatterte das kleine Wesen vor ihrer beiden Augen hin und her. Sein Körper schillerte bunt wie ein Regenbogen und seine Flügel schlugen so schnell, dass sie kein noch so williges Auge fassen konnte.

„Die Zeit drängt, ihr müsst euch beeilen! Sonst ist das Licht für immer verloren!" zwitscherte der Tausendflügler weiter. Dabei tanzte er durch die Lüfte und drehte sich um Manuel, als wollte er den Jungen von allen nur erdenklichen Seiten betrachten. Ein wenig belustigt sah der Waldhüter diesem Spiel zu. Manuel konnte dem

Vogel kaum mit den Blicken folgen. „Na, kommt schon! Worauf wartet ihr noch?"

Ohne weiter auf die beiden zu achten, flog der Tausendflügler zwischen den Bäumen davon. Dabei zog er ein glitzernd farbiges Band hinter sich her, welches dem Waldhüter und Manuel den Weg wies. „Ist er einer vom Rat?", fragte der Junge durch die sanften Farbnebel laufend. „Nein. Dieser kleine Kerl ist Chiki, der Tausendflügler, der Bote des Waldes. Er trägt Nachrichten von Blüte zu Blüte." Manuel nickte stumm und hüpfte weiter hinter dem Enano her. Der ließ die Spur des Tausendflüglers nicht aus den Augen und glitt an Bäumen und Lianen vorbei, bis sich der Wald endlich lichtete und eine kleine Wiese freigab. Über dieser Wiese hing ohne Anfang und Ende eine Decke aus bunten Blüten. Immer wieder fielen einzelne Blätter herab und betupften das Grün des Bodens. Über diesem bunt gemusterten Teppich flatterte ihr Führer nun auf und ab und verteilte Farbglitzer in der Luft, bis er schließlich auf dem herabhängenden Ast eines nahen Baumes landete.

❖

Der Enano blieb am Rande der Wiese stehen. Tief atmete er ein im Anblick derer, die er so gut kannte. Der ganze Rat war versammelt und jeder blickte ihnen erwartungsvoll entgegen. Doch nicht nur ihre Augen spürte der Waldhüter auf sich ruhen. Versteckt im Dickicht hatten sich alle möglichen Tiere versammelt und auch die Pflanzen beobachteten, was hier vor sich ging. Der Enano kannte das Schauspiel zwar von früheren Gelegenheiten, aber das heute war anders. Heute war Manuel bei ihm und die Nachtfrau hatte ihr Licht verloren! Gebannt wartete der Waldhüter also, was nun passieren würde.

Als sich Manuel neben den Enano gestellt hatte, erhob der Sprecher des Rates seine Stimme. Es war kein geringerer als der Pumamann und der Hüter des Waldes spürte, wie der Junge neben ihm kurz zusammen zuckte. „Manuel, wir wollen dich in unserer Mitte begrüßen." grollte es über die Wiese. Schwarzes Fell schimmerte im Licht des Sonnenmannes und ließ die starken Muskeln des Pumas erkennen. Seine grünlichen Augen blickten erst den Jungen und dann den Waldhüter an, bevor er weitersprach: „Die vergangenen Tage haben dir viel Neues gebracht. Eigentlich hatten wir den Weg für dich schon vorbereitet, wie du ja vom Waldhüter weißt. Aber jetzt ist alles anders. Die Mondin, wir alle brauchen dich mehr denn je." Der Enano hörte, wie Manuel tief Luft holte. „Du magst zweifeln, aber wir wissen, dass Du es kannst. Du und unser Freund, der Enano, ihr habt die Fähigkeiten, das verlorene Licht zu retten. Und tief im Herzen hast Du dich ja auch schon dafür entschieden, nicht wahr?" Manuel nickte und erleichtert lächelte der Waldhüter ihm zu.

Nun ergriff die Blütendame das Wort. Sie war das absolute Gegenteil des Pumamannes, grazil und sanft. Ihre schlanke, hochgewachsene Gestalt hüllte sie in farbige Blätter, wobei ihr knospenförmiges Gesicht offen und freundlich lächelte. „Das Entsetzen der letzten Nacht hat sich unauslöschlich in uns allen eingenistet und ich bin mir bewusst, dass gerade du dir, lieber Enano, von uns Hilfe erhoffst." Erwartungsvoll sah der Waldhüter die Blütendame an. *„Jetzt, jetzt werden wir es gleich wissen und uns auf den Weg machen können"*, flüsterte es in ihm.

Da begann der Sonnenvogel, der dritte im Bunde des Rates, unruhig auf dem Boden herumzupicken. Sein langer roter Schnabel fuhr auf und ab und seine Stelzenbeine drehten sich beinahe im Kreis. Bis jetzt, wie auch sonst immer, hatte er sich im Hintergrund gehalten, doch nun war seine Aufregung nicht mehr zu übersehen. Der Waldhüter runzelte die Stirn und beim Anblick des Pumas, der plötzlich ebenfalls gar nicht mehr so sicher erschien wie sonst, beschlich ihn eine böse Ahnung. Doch erst als die nächsten Worte der Blütendame beschämt an seine Ohren drangen, erlangte der Enano Gewissheit: „Es gibt nur ein Problem. Wir konnten nicht sehen, wohin die Laterne gefallen ist..."

⚜

Fast hätte sich der Hüter des Waldes verschluckt. Hatte er sich verhört? Da wollten ihm die Wesen, die sonst so voller Weitblick und Magie waren, erzählen, sie wüssten nicht, wo das Licht ist? War das ein Scherz? Was sollte Manuel von ihnen allen denken? Fassungslos schüttelte er den Kopf. Er konnte es einfach nicht glauben. Und er wollte es auch nicht. Die Verzweiflung, die in ihm hochstieg, war beinahe überwältigend. Aber eben nur beinahe. Sichtlich bemüht ruhig zu bleiben, fragte er in die Runde: „Wer sonst könnte uns noch weiterhelfen? Ihr müsst doch eine Idee haben!"

Betretenes Schweigen legte sich über die Wiese. Nicht ein einziges Geräusch war zu hören, bis sich schließlich eine leise Stimme zu Wort meldete: „Es gibt einen, mit dessen Hilfe ihr herausfinden könntet, wo sich die Laterne befindet." Die Worte kamen vom Lichtzwerg, dem wohl kleinsten Wesen des Waldes und das letzte Mitglied des Rates. Für viele war er nichts mehr als das Funkeln im Spiel des Lichts auf einem Wassertropfen und auch der Enano konnte nur erahnen, wie viel Wissen sich in dieser beinahe unsichtbaren Gestalt versteckte.

Jetzt aber verließ der Lichtzwerg seinen Platz und flog ganz nah an Manuel und den Waldhüter heran, als wollte er ihnen ein Geheimnis verraten. „Er lebt tief im Wald, verborgen an der Quelle alles Wissens. Schon vor langer Zeit hat er sich in die Einsamkeit zurück gezogen und mit niemandem mehr gesprochen. Es ist der Apu des Wassers. Von der Welt vergessen hat er in euren jungen Köpfen keinen Platz mehr. Doch ich erinnere mich noch sehr gut an ihn. Geht zu ihm, er wird euch helfen."

Calin wartet ✢

Regentropfen trommelten auf das Palmdach der Hütte, Nässe beschwerte die Atemluft. Die hölzernen Pfosten auf denen Calins Zuhause stand, wateten im aufgeweichten Boden. Die Feuchtigkeit ließ sich in jeder noch so kleinen Ritze der Wände nieder und wässrige Fußabdrücke verrieten Amiras Weg über den Boden hin zu ihrer Schlafstatt. Calin betrachtete sie kurz, bevor er seine Augen wieder in die Ferne schweifen ließ. Er hatte seine Hängematte in das Innere des Hauses geholt und wer ihn dort liegen sah konnte meinen, er würde stumpf auf die Holzwände starren. Doch das tat er nicht. In Wirklichkeit war er weit weg vom Dorf. Er stand unter tropfenden Blättern, er vernahm die Rufe der Vögel, die im Rauschen des Himmels ertranken und sah Baumstämme dunkel schimmern, während es nass an ihnen herunter rann. All das konnte er sehen, nur Alvaro, den sah er nicht.

Wie so oft in den vergangenen Tagen suchte Calins Herz nach seinem Sohn. Er wollte ihn sicher durch das Dickicht des Dschungels begleiten und mit ihm den Gefahren der Nacht trotzen. Er wollte Alvaro beschützen, doch genau das war ihm verwehrt. Seufzend erhob er sich, streckte seinen müden Rücken. Ausgerechnet in der Nacht, als das Licht der Mondin sie verlassen hatte, war Calin klar geworden, welchen Weg er von nun an gehen musste. *„Nie wieder werde ich von jemandem verlangen, gegen sich selbst zu leben. Nie wieder! Genau deshalb musste ich Alvaro ziehen lassen..."*

Und doch machte Calin sich Sorgen. Während sich der Regen unaufhörlich weiter über die Welt ergoss, ging er an die offene Tür seiner Hütte und lehnte sich gegen das raue Holz. Still beobachtete er das Unwetter draußen und fragte sich: *„Wie lange wird es wohl dauern, bis Alvaro wieder zurückkehrt?"* Nachdenklich kratzte er sich am Kinn. Keiner der Männer im Dorf, auch er selbst nicht, wäre auf eine solche Suche vorbereitet gewesen. *„Und doch hat sich Alvaro auf den Weg gemacht."*

Genau diese Tatsache machte den Häuptling der Puchua aber auch stolz. Stolz, dass ausgerechnet sein Sohn dies gefährliche Abenteuer auf sich genommen hatte, um der Welt zu helfen. Und eben dieser Stolz war es, der Calin seine eigene Aufgabe erkennen ließ. *„Seine Überzeugung, sein Vertrauen muss ich hier im Dorf weitergeben. Es ist meine Pflicht, den Glauben an Alvaros Rückkehr am Leben zu halten. Und genau das werde ich tun, gleichgültig, wie lange wir warten müssen!"*

Das Feuer, vor dem er saß, ließ die Bäume in eigentümlichen Schatten tanzen. Ihre Äste verzweigten sich knochigen Fingern gleich in der Luft und ihre Stämme traten von einem Bein auf das andere. Doch Alvaro hatte keine Muße für dieses Schauspiel. Stattdessen starrte er mit weit aufgerissenen Augen in die Dunkelheit. Das Unsichtbare dort kräuselte seine Nackenhaare, kalte Schauer rannen ihm über den Rücken. Jedes Geräusch wuchs in seinen Ohren zu einem bedrohlichen Grollen heran, überall schnüffelte der Wind an seiner vor Angst klebenden Haut. Er wusste, sie waren im Dickicht verborgen und warteten nur auf einen Moment der Unachtsamkeit. Die eisigen Nebelfinger, die sich ohne das Licht der Mondin frei und ungezügelt bewegten, die nach Gift rochen und Visionen von Tieren mit glühenden Augen und triefenden Mäulern mit sich brachten.

Alvaro kannte die Geschichten über die Nebelfinger seit er denken konnte, waren sie doch um das Dorf herum allgegenwärtig. Aber dort war er nie allein und schon gar nicht ohne den Schutz der Nachtfrau gewesen. Jetzt hingegen... Noch nie zuvor hatte der Junge die alles verschlingende Angst so deutlich wahrgenommen wie in den Augenblicken, in denen er nun gänzlich auf sich allein gestellt war. Die Angst kroch aus dem Boden in die verstecktesten Winkel seines Körpers, zischte und wand sich wie eine Schlange. Deshalb konnte er keine Nacht mehr schlafen, seit er das Dorf verlassen hatte. *„Du darfst sie nicht aus den Augen lassen"*, ermahnte er sich unablässig, *„sonst kommen sie und holen dich..."*

Heute Nacht hatte Alvaro sich zuerst an den Stamm eines großen Baumes gelehnt. Doch schon bald hatte das Gefühl an ihm gezerrt, etwas würde sich an ihn heran schleichen, ihn greifen und zu sich ziehen. So war der Junge immer näher an das Feuer gerutscht, bis die Hitze der Flammen seine Knie fast versenkte. Aber auch das brachte keine Linderung, die Angst fraß sich weiter in seine Eingeweide.

Da saß er nun und kämpfte. Unruhig rutschte er auf dem Boden hin und her und wusste nicht, wohin mit sich. Bald herrschte nur noch Chaos in seinem Kopf und der Junge konnte sich nicht einmal mehr erinnern, warum er sich auf dieses Abenteuer eingelassen hatte. Sein Mut, der Entschluss, allen zu zeigen, was er wert war. Ja, selbst Rufinas Lächeln verlor sich im Durcheinander seines Herzens. *„Alles sinnlos, was ich hier tue."* Irgendwann tauchte sogar der Gedanke auf, die Nebelfinger wären vielleicht gar nicht so gefährlich. *„Ich benehme mich wie ein Feigling. Ja, wahrscheinlich ist alles nur Einbildung und ich kann ganz beruhigt schlafen."*

✧

Doch in dem Moment, als Alvaro sich fast selbst von der Nichtigkeit seiner Angst überzeugt hatte, kamen sie. Lautlos tasteten sie durch das Unterholz, krallten sich in den Furchen der Baumstämme fest. Mit einem Mal war alles still. Kein Blatt am Boden knisterte, als die Nebelschwaden über sie hinwegstrichen, kein Kratzen ertönte auf der holzigen Haut der Waldriesen. Die Nebel begruben alles unter kriechenden Schwaden, als würden sie den ganzen Wald verschlucken wollen. Und es waren wirklich Finger, die sich da ihren Weg zu Alvaro bahnten. Dem Jungen stockte der Atem. So langgliedrig kalt hatte er sie sich selbst in seinen schlimmsten Träumen nicht vorgestellt.

Alvaro begann zu zittern, gleichzeitig erwachte jedoch noch etwas anderes in ihm. Da war sie also, die Gefahr, vor der er schon sein ganzes Leben lang gewarnt worden war. Und zu seiner Überraschung fühlte er sich bereit für sie! Langsam stand der Junge auf, schüttelte sich die gelösten Haare aus dem Gesicht. Dann nahm er einen glimmenden Holzscheit in die Hand und hielt mit den Augen die dürren Finger fest im Griff. *„Du bist stärker als sie und du hast einen wichtigen Auftrag!"*

Einen tiefen Atemzug weiter begann er, auf die Finger zuzugehen. „Dann zeigt was ihr könnt", sprach er entschlossen und stieß den brennenden Holzscheit kraftvoll mitten in sie hinein. Der Nebel zerstob, wich wirbelnd auseinander. Doch im nächsten Augenblick formte er sich von neuem. Das machte Alvaro nur noch entschlossener, immer wütender wurden seine Stöße. Unter Ausfallschritten drang er in den Nebel vor. Die Bäume um ihn herum verschwanden aus seiner Sicht und die lichtlose Schwärze gab nur noch das Geräusch seines eigenen Atems wieder. Die Nebelfinger glitten kalt und feucht an seinem Körper entlang. Entgegen aller Erwartungen jedoch konnten sie ihn nicht fassen. Das verwunderte den Jungen und schürte seinen Übermut. Geringschätzig lächelnd bewegte sich Alvaro weiter. Ab und an pikste ihn eine Wurzel oder ein Stück Ast unter den Fußsohlen, doch das nahm er kaum wahr. *„Ich werde euch vertreiben...",* war alles, was er dachte.

Völlig vertieft in sein Tun drang plötzlich ein neues Geräusch zu Alvaro. Es klang wie ein Fauchen, grimmig und drohend zugleich. Es zerschnitt die Luft und brachte sogar die Nebelfinger zum Zittern. *„Dann seid nicht ihr die eigentliche Bedrohung...",* wusste der Junge sofort. Wieder fauchte es durch die Luft und Alvaros Herzschlag wurde schneller. Doch anstatt jetzt vor Angst zu erstarren, wurde er erneut von sich selbst überrascht. Denn trotzdem der Wald mit einem Mal voll grauenhafter Panik war, fühlte sich der Junge jeder Bedrohung gewachsen, die in dieser Nacht noch kommen sollte.

Sein Blick glitt hinein in das Dunkel des Dickichts. Er festigte seinen Stand, griff das nur noch schwach glimmende Holzscheit mit beiden Händen und hielt es vor sich in die Höhe: „Komm her und zeig dich! Deine Boten haben sich als unnütz erwiesen. Du musst dich schon selbst stellen." Seine Stimme hatte etwas Lockendes und angenehm davon berührt beobachtete Alvaro sich selbst, wie er aufrecht das Unbekannte willkommen hieß.

⁓

Erst war es nur ein abermaliges Fauchen, das durch die Dunkelheit flog. Dann gesellte sich ein Rascheln dazu, Füße oder Pfoten schritten über den Waldboden. Ganz langsam, ohne Eile, suchten sie ihren Weg durch das Unterholz. Noch konnte der Junge nichts erkennen, doch ihm war, als würde das Wesen, welches da auf ihn zukam, die Schwärze der mondlosen Nacht vertiefen. Die Nebel, die bis vor kurzem noch als Bedrohung erschienen waren, zogen sich jetzt geräuschlos zurück und hinterließen nichts als kalte Erinnerung an ihre Anwesenheit.

Die Luft füllte sich mit dem beißenden Geruch eines großen Tieres. Mit angewidert verzogenem Gesicht drehte sich Alvaro zur Seite. Doch der Gestank war überall und so entkam er ihm nicht. Er rang die Versuchung nieder, das Holzscheit einfach fallen zu lassen und sich die Nase zu zu halten. „Du brauchst das Holz, also reiß dich zusammen!", zischte er sich selber zu. Also klammerte er sich weiterhin an seine improvisierte Waffe und versuchte, nicht allzu sehr auf den beißenden, nach Verwesung schmeckenden Geruch zu achten.

Nun ertönte das Fauchen direkt vor ihm. Es war zum Greifen nahe und blies wie ein Windstoß über Alvaro hinweg. Im gleichen Augenblick sah er zwei glühende Augen hinter einem Baumstamm hervortreten, wo vor einem Lidschlag noch pure Dunkelheit gewesen war. Gelb loderten sie, änderten ständig ihre Gestalt. „Sie starren dich an...", flüsterte es in ihm.

Dann, ohne weitere Vorwarnung, ohne nochmaliges Fauchen oder Knurren sprangen die Augen auf ihn zu. Den dazugehörigen gewaltigen Körper konnte Alvaro nur erahnen, er verschmolz mit der Schwärze um ihn herum. Alles was er sah, waren diese vor Funken sprühenden Augen. Von einem Moment zum nächsten waren sie über ihm, der verwesende Geruch wurde übergroß und Alvaro tat das, was ihm sein Körper ohne Nachdenken befahl: Er holte mit beiden Armen zu einem mächtigen Schlag aus und sprang gleichzeitig auf die Seite.

Irgendetwas hatte er mit dem Scheit getroffen. Dumpf knackte das Holz, als es traf und Alvaro entschlüpfte ein triumphierendes „Ha!". Der Aufprall jedoch riss ihn fast von den Füßen. Um Gleichgewicht und Atem kämpfend, hörte er das erneute Fauchen des Wesens. Sein Eindruck, es wäre vor dem Angriff wütend gewesen, erwies sich als falsch. *„Jetzt ist es wütend...",* korrigierte der Junge sich. Sein Arm schmerzte, als hätte er selbst einen Schlag erhalten. Doch darauf konnte er nicht achten, denn schon kamen die Augen wieder näher.

⁓

Leuchtend und körperlos flogen sie auf ihn zu, begleitet von jäh aufblitzenden weißen, scharfen Zähnen. Der Verwesungsgeruch drang in alle Poren seines Körpers, während der Junge abermals zur Seite sprang und ausholte. Nur war er diesmal nicht schnell genug, der Schlag ging ins Leere und und etwas Scharfes kratzte über seinen ausgestreckten Arm. Ein Brennen erfüllte ihn, etwas Warmes floss über seine Hand. Alvaro konnte in der Dunkelheit nur erahnen, dass es Blut war. *Sein* Blut.

Eisern hielt er einen Schrei zurück. Nein, er würde hier nicht jammern wie ein kleines Kind! Ungeachtet seiner Verletzung drehte er sich wieder zu dem Wesen um. Die spitzen Zähne leuchteten immer noch in der Schwärze vor ihm und fauchten ihm alle Wut der Welt entgegen. Dies waren nicht die Nebelfinger, deren Bedrohung sich bei näherer Betrachtung in nichts aufgelöst hatte. Dies war etwas anderes, mit Zähnen und Klauen, bereit für sein Opfer. Alvaros Herz klopfte zum Zerreißen. *„Warum hast du nicht wenigstens deinen Speer statt dieses lächerlichen Stück Holzes genommen?"*, schalt er sich selbst. Doch für Selbstvorwürfe war es nun zu spät, denn abermals sprang das Wesen auf ihn zu und hieb ihm seine Pranke in die Brust.

Diesmal war der Schmerz zu groß, nahm Alvaro den Atem. Rückwärts stolpernd fiel er zu Boden. Den Holzscheit hielt er fest umklammert und für einen kurzen Moment war ihm, als fiele er in einen Abgrund. Die Luft war plötzlich erstickend dünn, legte sich wie

Staub auf seine Lungen. Dem Jungen wurde kalt. Doch schon im nächsten Augenblick holte ihn die Wärme des Stück Holzes in seiner Hand zurück. Gerade noch rechtzeitig schaffte Alvaro es, sich auf die Seite zu rollen, um nicht unter seinem Angreifer begraben zu werden. Er sah kurzes Fell, welches sich an einen muskulösen Körper schmiegte. Ein langer Schwanz huschte an seinem Gesicht vorbei, bevor das Wesen wieder mit der Farblosigkeit der Nacht verschmolz.

Alvaro rappelte sich hoch. *„Ich bin noch nicht am Ende!"* dachte er so zornig wie noch nie. Und all seine Angst ignorierend, stieß er einen Schrei aus und stürzte nach vorne. Direkt auf die vor Funken sprühenden Augen, direkt in das weit aufgerissene, spitz bewehrte Maul, in die mit Krallen bestückten Pranken. Auch das Wesen überlegte nicht lange und so prallten ihrer beider Körper ungebremst aufeinander.

Der stechende, alles erstickende Gestank des Tieres legte sich über Alvaro. Dann hörte der Junge nur noch ein giftiges Fauchen, bevor die Welt in Pranken und Zähnen versank. Ein paar Mal durchfuhr ihn ein grauenhafter Schmerz, wenn das Wesen ihn traf. Aber auch er teilte mit seiner mehr als dürftigen Waffe Hiebe aus, die ihr Ziel nicht verfehlten. Alvaro hieb, stieß und schlug, blind geworden für seine Umgebung, nur noch die unmenschliche Kraft in sich spürend, die er seinem Gegner entgegen setzte.

✢

Doch da geschah es. Das Wesen ließ von ihm ab. Alvaro bemerkte es erst, als einer seiner Schläge ins Leere traf. Das ließ den Jungen die Augen öffnen. Sein Gegenüber sah ihn aus einiger Entfernung an.

Alvaro tat noch ein paar Schläge, bevor sein Verstand einsah, dass er keinen Gegner mehr hatte. Dabei bemerkte er auch, dass er ohne Waffe da stand. Irgendwann war sie ihm wohl aus der Hand geglitten und aus dem Kampfgetümmel verschwunden.

Ein tiefes Knurren erfüllte die Welt unter dem Blätterdach. Ein Knurren, das Alvaros Blut stocken ließ. Breitbeinig und nach Atem ringend stand der Junge da, starrte in die Augen vor ihm. Noch immer konnte er die Gestalt des Wesens nur schemenhaft erahnen. Das Knurren nahm kein Ende, zog zwischen den Bäumen hindurch. *„Das soll wohl dein letzter Angriff werden, nicht wahr?"*, flüsterten Alvaros Gedanken. *„Aber du kannst mir keine Angst mehr machen! Wenn das hier mein Los ist, so habe ich es schon längst angenommen!"* Stur blieb er auf der Stelle stehen und funkelte dem Wesen seine wütende Entschlossenheit entgegen.

⁙

Das Knurren verstummte. „Auf diesen Augenblick habe ich gewartet." Die Stimme drang in Alvaros Geist und ließ ihn erschauern. Irgendetwas war hier falsch. Alvaros Kopf wehrte sich gegen die Frage, woher die Stimme kam. Aber im selben Moment gab ihm sein Bauch bereits die Antwort. Mit weit aufgerissenen Augen blickte der Junge auf das Wesen, welches sich ihm Herzschlag für Herzschlag näherte. *„Dann ist dies also mein Ende..."*

„Ganz im Gegenteil, Alvaro. Ich bin gekommen, um dich auf die Probe zu stellen. Und du hast dich als würdig erwiesen. In dir fließt dasselbe mutige Blut wie in den Adern deines Vaters. Wenn deine Zeit gekommen ist, wirst du seine Stelle einnehmen und wie er in meinem

Zeichen über euer Dorf wachen." Die Augen waren nun direkt vor Alvaros Gesicht. Doch unerwartet änderten sie ihre Farbe! Das brennende Feuer erlosch und wich einem funkelnden Grün. Der dazugehörige Kopf schälte sich nun ebenfalls aus der Dunkelheit und das Wesen gab sich als Puma zu erkennen. Obwohl Alvaro mehr als nur den Wunsch verspürte, die Flucht nach hinten anzutreten, hielten ihn die gehörten Worte irgendwie fest.

So sprach der Puma, befreit vom Geruch des Todes, weiter: „Ja, ich war auch deines Vaters Gegner und er hat mich übertroffen. Dafür habe ich ihn seither beschützt. So will ich es auch mit dir tun. Doch höre meine Worte: Obwohl auch dir der Platz als Oberhaupt eures Dorfes zugewiesen ist, wirst du diesen Weg nicht allein gehen können. Du wirst deinen Hochmut überwinden und eine noch unbekannte Wahrheit anerkennen müssen. Darum sag: Bist du mutig genug, neues Denken und Sein in dein Leben zu lassen?"

✢

Warme Luft umgab ihn und Sonnenstrahlen begleiteten den frühen Morgen. Nur zu gern hätte Alvaro sich dem neuen Tag entgegengestreckt, doch entsetzliche Schmerzen rasten durch seinen Körper. Der Junge krümmte sich auf dem Waldboden zusammen, alles um ihn drehte sich. Seine Hände krallten sich in die Erde, Trockenheit machte sich in seiner Kehle breit, das Schlucken tat ihm weh. Er wusste nicht, wie lange er hier schon lag. Zögernd versuchte er noch einmal, seine Beine zu strecken, doch sein Magen rebellierte bereits bei der kleinsten Bewegung und so blieb Alvaro weiter stöhnend auf dem Boden liegen.

Trotz seiner Qual erinnerte der Junge sich. An Nebelfinger, an ein Holzscheit in seiner Hand. An elenden Gestank, an ein Wesen mit feurigen Augen. Alvaros Herz begann heftig zu klopfen. Die Stirn bang in Falten gelegt sah er noch mehr. Schwarzes Fell, den ungleichen Kampf zwischen ihm und dem fremden Gegner, seine unmenschliche Raserei. Und dann war da diese Stimme, die direkt in seinem Kopf gesprochen hatte: *„Der Beschützer meines Vaters..."*

Die Worte hallten in Alvaro wieder. Sie sprachen weiter von neuem Denken und einer unbekannten Wahrheit. Wieder eine Wahrheit... *„Was soll das nur?"*, rief der Junge stumm, doch eine Antwort bekam er nicht.

Manuel legte den Kopf in den Nacken, um den Anfang des Wasserfalls besser sehen zu können. Wie flüssiger Honig fiel er über grün glitschige Felsen hinab. Durchsichtige Wassernebel umtanzten den mächtigen Fall und tauchten wirbelnd in den See zu seinen Füßen. Der See lag in einem von hohen Felswänden umgebenen Becken und dort, wo das Wasser auf ihn traf, stieg weiße Gischt in die Luft, die durchwoben war von unzähligen kleinen Regenbögen. Wellen klatschten an das sandige Ufer, wo der Junge mit dem Hüter des Waldes auf einem Felsen stand.

„Hier muss er sein, nicht wahr?" Fast wären Manuels Worte im Rauschen des Wassers untergegangen. Doch der Waldhüter hatte ihn gehört oder vielleicht auch nur seine Gedanken. Der Junge hatte sich inzwischen daran gewöhnt, dass er nicht alles laut aussprechen musste, damit der andere ihn verstand. „Ja, das ist sein Zuhause", nickte der Enano. „Wir haben es geschafft. Er wird uns weiterhelfen können." Zufrieden über diese Antwort schloss Manuel die Augen, um wenigstens für einen kurzen Moment die bisherigen Strapazen zu vergessen.

Aufgeregtes Flügelschlagen ließ ihn die Augen jedoch schnell wieder öffnen. Der Tausendflügler stand über ihren Köpfen in der Luft, sein Gefieder schimmerte mit den Regenbögen über dem Wasser um die Wette. „Während ihr hier faul herumsteht, habe ich mit den Tieren gesprochen. Wir müssen den Apu rufen, von allein wird er wahrscheinlich nicht kommen. Er scheint etwas, naja, seltsam zu sein." Manuel sah den Enano an. „Nun, dann müssen wir ihn eben irgendwie hervorlocken. Und wer könnte uns da besser helfen als das Wasser." An den Jungen gewandt sprach er weiter: „Willst du es versuchen?" „Auf jeden Fall!" freute sich Manuel und begann sofort, vom Felsen hinabzuklettern. Das war eine neue Herausforderung. Mit Pflanzen und Tieren zu sprechen war inzwischen dank dem Enano nichts Neues mehr. Aber Wasser? *„Wie sich das wohl anfühlen wird?"* fragte sich Manuel neugierig.

❖

Zurück im Dickicht suchte er die Büsche ab. Die Seelenranke, die brauchte er jetzt. *„Wo bist du nur?"* fragte der Junge in Gedanken, während er sich immer weiter vom Wasserfall entfernte. Bald schon konnte er ihn nicht mehr sehen, nur das Rauschen des Wassers klang noch in seinen Ohren. Hierhin und dorthin schweiften Manuels Blicke, ein paar Mal drehte er sich sogar im Kreis. Und dann endlich sah er den kleinen Strauch. Unscheinbar wie stets drückte er sich an einen Baumstamm, doch wirkte er irgendwie zerbrechlich. *„Zerbrechlicher als sonst."* dachte Manuel, während er sich vor der Pflanze niederließ. „Ja, ohne das Licht..." kam die Antwort der Seelenranke. „Ich weiß. Nur hatte ich gehofft, dass der Schrecken hier in der Tiefe des Urwaldes noch weiter weg sei. Doch da habe ich mich wohl geirrt." Kurz versank der Junge in den Bildern ihres Weges bis zum Wasserfall. Waren ihnen zu Anfang schon kraftlose Pflanzen und Tiere begegnet, hatte sich der Zustand des Waldes nun stetig verschlimmert. Unheimliche Stille herrschte während der kalten Nächte und sogar auf dem Licht des Tages lag inzwischen ein gräulicher Schleier, der alles in Staub einzuhüllen schien. Manuel seufzte. „Deswegen muss ich jetzt auch dringend mit dem Wasser sprechen. Bringst du mich in eure Welt?"

Sofort erfüllte den Jungen ein angenehmes Kribbeln. Und noch ehe er einmal ausatmen konnte, fand er sich am Ufer des Sees wieder, den er gerade verlassen hatte. Ein Lächeln huschte über Manuels Gesicht, stumm flüsterte er ein *„Danke"* in die Luft. Wieder einmal war es gelungen, sein Gefühl der Hilflosigkeit etwas mehr verschwinden zu lassen. So blickte er also erwartungsvoll auf den Wasserfall. Der war hier eindeutig größer als in seiner Welt. Das Wasser schimmerte golden, die Farben der Regenbögen flossen ineinander und ein Glitzern lag auf den Felsen, wie ein Netz aus silbernen Adern. Für einen kurzen Moment wurde Manuel von diesem atemberaubenden Anblick gelähmt, doch gleich darauf erinnerte er sich wieder an seinen Auftrag. So reckte er sich und öffnete seine Ohren.

Zuerst war da nur das Tosen des Wassers, das ungebremst aus der Höhe stürzte. Dann jedoch verflüssigte sich die Welt um Manuel. Der See, die Felsen und alles andere verloren ihre festen Konturen. Auch Manuels Körper rann irgendwie auseinander und er glitt hinein in das Nass, tauchte einfach unter. Farbige Wellen umspielten ihn, gedämpftes Sonnenlicht hüllte die Pflanzen ein, die aus der Tiefe emporrankten. Es waren wahre Wälder, die sich hier unten vom Rhythmus des Wassers hin und her schaukeln ließen. Alles erschien dem Jungen so leicht. Fasziniert davon bewegte Manuel seine Hände und Füße, ohne das Gewicht der Welt an Land zu spüren. Es war fast wie ein Traum, in dem er jedoch nicht allein war. Denn wie er so dahintrieb, blickten ihm Fische aus runden Gesichtern entgegen, lächelten ihn mit zahnlosen Mäulern an.

Das Rauschen des Wasserfalls war irgendwann nur noch schwach vernehmbar und Manuel glaubte schon, seine Ohren nicht weit genug geöffnet zu haben, als plötzlich eine unscharfe Stimme neben ihm blubberte: „Manuel, du kommst mit einer Nachricht." Wässrig blaue Augen schwebten vor ihm, in seine Nase stieg ein kühler Duft. Gerne hätte er mehr gesagt, aber ein „Ja" war alles, was der Junge zustande brachte, denn eine Luftblase kam direkt aus seinem Mund, stieg in die Höhe und zerplatzte in zahllosen kleinen Wellen. „Ich werde sie weitergeben." Wieder blubberte es um den Jungen herum und die wässrigen Augen flossen ohne einen weiteren Blick davon.

❖

Einen Moment später fand sich Manuel auf dem Felsen wieder. Das war sie also gewesen, die Stimme des Wassers. Einfach so war sie an ihm vorbei geschwommen und Manuel hatte sie nicht festhalten können. Alles war so unerwartet schnell passiert. „So ist es eben mit Wasser. Man kann es für kurze Zeit stauen, aber aufhalten lässt es sich nicht wirklich." Der Waldhüter tauchte wie so oft aus dem Nichts auf und setzte sich neben den Jungen. Auch Chiki erschien, flatterte über Manuel hin und her. „Wird der Apu nun zu uns kommen?" fragte er aufgeregt. „Das Wasser wird ihm auf jeden Fall ausrichten, dass wir hier sind. Und auch wenn er sich zurückgezogen hat, kann ihm die Not der Mondin nicht egal sein." Manuel nickte zustimmend. Jetzt hieß es also wieder einmal warten.

Da saßen die Freunde nun, ein jeder in seine eigenen Gedanken versunken. Die Geräusche um Manuel verwoben sich und noch einmal blickte er auf ihren Weg hierher zurück. Jeder Tag, seit sie den Rat des Waldes verlassen hatten, war erfüllt gewesen von Unruhe. Egal, welchem Wesen sie begegnet waren, ein jedes trug einen Schatten in sich, den er nicht ignorieren konnte. Manuel sah den Glockenstrauch vor sich, der eigentlich schwermütige Gemüter aufheiterte. Oder die Dunkelschlange, die singend Krankheiten aufspüren konnte. Ihre Stimmen waren mit dem Verschwinden des Lichts nur noch schwer vernehmbar. Ganz zu schweigen vom Wind, der kraftlos in den Blättern lag. Auch Manuels Freunde, die Baumwächter, wagten es kaum noch, ihre Verstecke zu verlassen. Das Unglück der Nachtfrau hallte in den Seelen jedes Wesens, genau wie in der Seele des Jungen. *„Und deshalb ist der Apu so wichtig..."*

꙰

Genau da lief plötzlich ein Zittern durch den Fels. Manuel sah auf, auch der Waldhüter reckte sich in die Höhe. Sogar der Tausendflügler hüpfte unbeholfen auf seinen kurzen Beinchen über den Stein. Ihrer aller Blicke waren auf den Wasserfall gerichtet, als die Welt erneut zitterte. Die Oberfläche des Sees kräuselte sich, kleine Strudel brachten die sonst so geordneten Wellen durcheinander. Manuel kniff die Augen zusammen, um besser sehen zu können. Das Zittern hörte jetzt gar nicht mehr auf. Die Strudel wurden zusehends größer, die Wellen wirbelten immer ungestümer umher. Und Manuel war inzwischen längst klar, was das Zittern bedeutete. Es hatte funktioniert, der Apu war auf dem Weg zu ihnen.

Nach einer Weile, die Manuel wie eine Ewigkeit erschien, zeichnete sich dann eine neue Bewegung im Wasser ab. Etwas stieg aus dem See. Zuerst sah der Junge nur schwarze Umrisse durch den Wasservorhang, doch schon bald konnte er Einzelheiten erkennen. Sein Herz begann zu rasen, als der Apu aus der Tiefe auftauchte. Langsam und mit gebeugtem Rücken watete das Wesen durch den See, wobei die langen Arme an seinem Körper herabhingen, als würde er sich damit auf dem Boden abstützen. Nester aus Algen und Tang wucherten auf seinem Kopf und gingen nahtlos über in die

Bartbehaarung, welche bis hinunter zu den Knien reichte. So war sein Körper vollkommen hinter Gestrüpp versteckt. Die Arme waren schuppig wie Fischhaut und feuchter Schleim brachte sie im Licht des Sonnenmannes zum Schimmern. Stämmige Beine schoben die Wassermassen vor sich her wie der Bug eines Bootes.

Schließlich erreichte der Apu das Ufer und platschte mit riesigen Füßen auf den Sand. Algen hatten sich zwischen seinen Zehen verfangen, Wasser tropfte überall an seinem Körper herunter. Manuel hielt den Atem an, bewegte sich nicht. Er hatte auf seiner Reise ja schon einiges gesehen, aber so ein Geschöpf hätte er nie für möglich gehalten! Sein Herz raste immer noch. Auch der Enano und sogar Chiki neben ihm gaben keinen Laut von sich. In dieser Stille blieb die Zeit für Manuel stehen und wahrscheinlich wäre er für immer in Regungslosigkeit verharrt, hätte nicht eine fließende Stimme zu ihnen gesprochen: „Seid gegrüßt hier in meinem Zuhause. Ich, der Apu des Wassers, habe auf euch gewartet. Nehmt Platz und gerne werde ich eure Fragen beantworten."

„Komm nur näher, ich tu dir nichts!", sprach der kleine Mann. Alvaro konnte es nicht glauben, ausgerechnet hier, im dichtesten Dschungel fernab seines Dorfes, einem anderen Menschen zu begegnen. Die Einsamkeit seiner nun schon Tage währenden Wanderung hatte ihn fast vergessen lassen, wie eine menschliche Stimme klang. Doch jetzt war sie hier und mit ihr erschien ein Mann, der einfach nur dastand und ihn anlachte!

Die linke Hand des Fremden umklammerte einen knorrigen Holzstab, sein Gesicht war von tiefen Falten durchzogen. Alvaro spürte den Wunsch, den Mann mit dem gebeugten Rücken und dem kahlen Kopf zu stützen, doch irgendetwas hielt ihn zurück. Lange musste er darüber nicht nachdenken, denn schon fiel sein Blick auf die kräftigen Beine des Alten. Sie standen, als könne kein Wind sie jemals entwurzeln. Bei näherer Betrachtung sah Alvaro auch, dass die Füße des Mannes vor lauter Schlamm kaum mehr vom Waldboden zu unterscheiden waren, fast, als wären sie mit der Erde verwachsen. Die starken Beine standen in Widerspruch zur restlichen Erscheinung des Fremden und so runzelte Alvaro die Stirn. Irgendetwas hier war seltsam, doch der Mann blickte ihn weiterhin freundlich an und so dachte der Junge nicht weiter darüber nach.

„Wer bist du? Und was machst du hier?" Fragend trat er näher an den Fremden heran. „Man nennt mich José, den Einsiedler. Ich wohne hier, mein Haus ist ganz in der Nähe." Mit einer Hand deutete der Mann hinter sich in das Dickicht, als wäre der Pfad zu seinem Haus offensichtlich. Doch Alvaro sah keinen Pfad. Alles was er erblickte, waren in sich verschlungene Pflanzen und Bäume - das gewohnte Dickicht des Urwaldes eben. Deshalb wandte er sich schnell wieder an den Mann. Neugier hatte Besitz von ihm ergriffen: „Einsiedler sagst du?" Der Fremde lachte auf. Ungeniert zeigte er dabei schwarze Stummel in seinem Mund, die wohl Zähne waren. „Ja, Einsiedler. Die Monde, die vergangen sind, seitdem ich meinem Dorf den Rücken gekehrt habe, verschmelzen zu einem einzigen Tag. So kann ich dir nicht sagen, wie lange ich schon hier bin. Doch das spielt keine Rolle, weder für mich noch für dich." Abermals runzelte Alvaro die Stirn: „Was meinst du damit?" Seine Augen ließen José nicht los. „Nun, ich denke doch, du bist wegen des Lichtes hier. Oder etwa nicht?"

☙

Alvaro war wie vom Donner gerührt. Oder war es ein Blitz, der ihn durchfuhr? Er wusste es nicht und es war auch egal. Wichtig war nur, dass er endlich eine Spur der Laterne gefunden hatte! Die letzten Tage waren mit jedem Schritt erdrückender geworden. Schlaflose Nächte, zielloses Wandern und dann dieser verrückte Traum mit dem Puma. All das hatte dazu geführt, dass Alvaro immer unsicherer in seinem Vorhaben geworden war. Hatte er sich vielleicht überschätzt? Quälende Zweifel waren in seine Gedanken gekrochen, doch jetzt war da jemand, der eine Antwort kannte!

Der Junge hatte Mühe, seine Aufregung im Zaum zu halten. Seinen inneren Aufruhr hinter einem Räuspern versteckend suchte Alvaro nach Worten. „Weißt du denn etwas davon?", konnte er nach einer gefühlten Ewigkeit dann endlich fragen. „Ich kann dir sagen, in welcher Richtung du es finden wirst. Ganz nah flog es hier vorbei. Sein Strahlen erfüllte alles und sein Schweif berührte sogar das Dach meiner Hütte. Kurz hatte ich Angst, mein Haus würde in Flammen aufgehen, doch nichts geschah. Wären meine schwachen Augen nicht so geblendet gewesen, hätte ich wohl danach gegriffen." Alvaro meinte bei der Erzählung des Einsiedlers das Licht in dessen Augen zu sehen, wie es seine Welt erhellt und das Dach seiner Hütte berührt hatte. Kurz wanderten die Blicke des Jungen zwischen die Bäume, um vielleicht doch das Haus des Alten zu entdecken, aber es blieb im Dickicht verborgen. Die nächste Frage, warum er nicht selbst auf die Suche gegangen war, schien José in Alvaros Gedanken zu lesen, denn er sprach weiter: „Für mich alten Mann ist der Weg durch den Wald zu beschwerlich geworden. Also habe ich gewartet und gehofft, einem Suchenden wenigstens mit meinem Wissen helfen zu können. Und dass du dieser Suchende bist, ist ganz offensichtlich. Warum wohl sonst hättest du dich hierher in die Einsamkeit verirrt?"

„Ja, ich suche tatsächlich das Licht! Doch nun sag, in welche Richtung muss ich weitergehen?" sprach Alvaro ungeduldig. „Ein paar Schritte noch und du wirst auf einen kleinen Bach treffen. Folge seinem Lauf, er wird dir die Richtung zeigen. Er fließt in ein dicht bewachsenes Tal, dort zwischen den Bäumen solltest du das Licht finden. Es kann nicht mehr weit geflogen sein, so nah wie es der Erde hier schon gewesen ist." José, dessen Augen sich kurz auf merkwürdige Weise verengten, hielt Alvaro bei diesen Worten ein in Blätter gewickeltes Päckchen hin. „Nimm! Du bist bestimmt hungrig von der Suche und ich habe es extra für den Reisenden des Lichts vorbereitet." Dankbar ergriff der Junge das Päckchen. „Das kann ich wirklich gut gebrauchen! Die ewigen Wurzeln und Früchte wurden mir schon ein Graus. Das hier ist frisches Brot, nicht wahr?"

Der Einsiedler nickte bejahend und sprach weiter: „Du bist ein tapferer junger Mann. Niemand sonst hätte seinen Weg bis hierher gefunden. Das zeugt von großer Stärke und so bist du auserkoren für den Rest deines Weges." Erneut lag ein rätselhafter Ausdruck in Josés Augen, den Alvaro aber wie schon zuvor übersah. Der freundliche Klang der Worte und der Proviant genügten, um den Jungen vollends von der Rechtschaffenheit des Einsiedlers zu überzeugen. Und so verabschiedete er sich schließlich mit einem unbeschwerten „Danke!", bevor er in Richtung Bach davonging.

✤

Bald darauf hörte Alvaro dann das Plätschern von Wasser. Vor sich hin strahlend konnte er nur eines denken: *„Das ist ein guter Tag, um meine Suche zu beenden!"* Die Freude über diese Aussicht beflügelte seine Schritte und so kam er schnell voran. Immer weiter drang er in das Dickicht vor, bis er tatsächlich auf einen kleinen Bach stieß, der sich zwischen den Bäumen einen Abhang hinabschlängelte.

Während er dem Bach folgte, konnte Alvaro sich des Gefühls nicht erwehren, in eine grüne Höhle vorzudringen. Die Bäume standen immer enger aneinander gedrängt und überdachten das Rinnsal zu ihren Füßen mit wild herabhängenden Ästen. Die Stämme waren von dicken Flechten überzogen, die teilweise sogar von Baum zu Baum wuchsen. Ein ums andere Mal musste sich der Junge tief bücken, um einen Durchgang zu finden. An einer Stelle flog ein Schwarm kleiner Regenpapageien krächzend davon und Alvaro fragte sich verwundert, wo in diesem Dickicht es wohl ein Schlupfloch für sie gab.

Unbeirrt von den Hindernissen jedoch kroch und kletterte er keuchend weiter, versuchte dem kleinen Bach zu folgen. Aber je tiefer er in den Wald vordrang, desto weniger Wasser führte das Bachbett und desto dunkler wurde es auch um ihn herum. Die goldene Farbe des Sonnenmannes wich einer kühlen Dämmerung, die Alvaro frösteln ließ. Seine zuvor überschwängliche Freude wurde immer verhaltener. *„Wie soll ich hier nur die Laterne finden?"* fragte er sich nun doch etwas besorgt. Das Licht wurde grauer und die Durchgänge im Durcheinander der Pflanzen von Mal zu Mal winziger.

Und dann ging es tatsächlich nicht mehr weiter. Eine Wand aus umgestürzten Bäumen baute sich vor Alvaro auf, unter deren Zweigen die letzte Spur des Baches verschwand. Ratlos sah der Junge sich um, doch konnte er weder einen Pfad noch ein Loch im Baumgewirr entdecken. Das grüne Dach des Waldes hing jetzt so nah über seinem Kopf, dass er die einzelnen Blätter berühren konnte. Nun verwehrten sie endgültig jeden Blick auf den Sonnenmann.

„Dabei bin ich so kurz vor meinem Ziel..." Seufzend nahm der Junge auf einem morschen Baumstumpf Platz. Er musste jetzt erstmal nachdenken wie es weitergehen sollte. Seinen Speer ließ er unbeachtet auf den Boden fallen, den würde er im Moment nicht benötigen. Kleine Spinnen huschten über seine Füße und hinterließen kitzelnde Tritte auf seinen Zehen. Doch noch ehe Alvaro sich bücken konnte, waren sie schon wieder zwischen den welken Blättern unter dem Baumstamm verschwunden, ließen sich nicht greifen.

Der modrige Geruch dagegen, der in der Luft lag, war umso greifbarer. Wie zäher Schleim kroch er in Alvaros Nase. Im ersten Moment war der Geruch abstoßend, doch dann dachte sich der Junge nichts mehr dabei. Sich den Schweiß von der Stirn wischend nahm er nur noch wahr, wie seine Seele leichter wurde und sich all die Strapazen des Weges auflösten. Das Brot des Einsiedlers fiel ihm wieder ein und einen Augenblick später hatte er schon einen Bissen davon im Mund. Wie es dorthin gekommen war, wusste der Junge nicht, aber auch das war ihm egal.

❖

Völlig vertieft in den Genuss des Essens tanzten plötzlich Bilder vor Alvaros Augen. Er sah das Licht der Nachtfrau in seinen Händen, wie er es in sein Dorf trug. Alle kamen sie herbeigelaufen! Lächelnde Gesichter blickten zu ihm auf und sogar Rufina legte ihre Hand freudestrahlend auf seine Brust. Die Berührung ließ den Jungen wanken, sein Körper erbebte unter dem unbekannten Genuss. „Du hast uns das Licht gebracht! Du bist unser Retter!", riefen Stimmen ihm zu, wärmten sein Herz und ließen seine Schritte schweben. Ja, so wird es sein! Er wird die Menschen vor der Dunkelheit retten! Ein Gefühl unbändiger Macht durchströmte den Jungen, Gänsehaut bildete sich auf seinem Körper.

Ganz davon gefangen starrte Alvaro vor sich hin. Er war wie weggetreten. Das Brot glitt ihm aus der Hand, plumpste einfach in das Laub zu seinen Füßen. Dann sank auch er langsam von dem Baumstumpf auf dem er saß, wobei das morsche Holz blutige Spuren in seinen Rücken fraß. Doch davon bemerkte Alvaro nichts mehr. Alles in ihm sehnte sich nur noch nach der Erfüllung dieser Bilder. Vom Rausch der Macht in den Bann gezogen, hielt Alvaro unbewusst seine

Hände dem Blätterdach entgegen. Dort konnte er doch deutlich das Licht sehen! Warm und lockend rief es ihn zu sich. Ohne weiter darüber nachzudenken, löste sich Alvaro vom Waldboden und betrat den leuchtenden Schein, der plötzlich aus dem Nichts kommend wie eine Treppe vor seinen Füßen erschien. Höher und höher stieg er, bis sich das Dach aus Blättern öffnete. Befreit atmete der Junge den unendlichen Sternenhimmel ein. Dann konnten seine Finger tatsächlich das Nachtlicht berühren! Glänzend pulsierte es im Rhythmus seines Atems und so hielt er die leuchtende Kugel schließlich wie einen kostbaren Schatz vor seiner Brust. „Jetzt gehörst du mir!", rief seine Seele glücklich.

✢

Doch von einem Augenblick zum andern griffen Alvaros Hände ins Leere. Der Schein, der ihn eben noch getragen hatte, zerfiel zu Staub und das Licht zerrann zwischen seinen Fingern. Sein Körper, auf einmal schwer wie ein riesiger Stein, verlor jeglichen Halt und raste auf die Erde zu. Eisiger Wind schlug dem Jungen entgegen und riss wütend an seinen Haaren. Alvaro verstand nicht. Seine Augen weiteten sich vor Schreck, während er die Erde unaufhaltsam näher kommen sah. Ein Schrei erstarrte in seiner Brust, Todesangst ergriff ihn.

Schon wartete Alvaro auf den Aufschlag, als sich ein schwarzes Loch im Boden unter ihm auftat. Unzählige knorrige Wurzelfinger wuchsen daraus hervor, packten seine Beine. Unter Ächzen und Knacken zogen sie den Jungen weiter, sein Körper wollte unter der rohen Gewalt schier zersplittern. Der Geruch von verfaulten Blättern und nasser Erde nahm ihm den Atem, seine Kehle füllte sich mit brauner, klumpiger Luft.

Wild schlug Alvaro auf die holzigen Arme ein, die ihn immer fester umklammerten und jede Bewegung zu einer Qual werden ließen. Striemen auf seiner Brust, gerissen von spitzen Astenden, brannten wie feurige Finger, leckten an ihm wie an trockenem Laub. Irgendetwas rieselte auf den Kopf des Jungen, Käfer und Maden krabbelten über sein Gesicht. *„Was passiert hier nur? Wo ist das Licht so plötzlich hin?"* fragte er panisch, doch bekam er keine Antwort. Stattdessen erfüllte ein entsetzliches Lachen die Luft. Worte, triumphierend über ihm ausgespuckt, fuhren wie Speerstiche zwischen seine Rippen. „Das ist dein wahrer Weg, Alvaro! Allein unter uns liegt dein Ziel. Wir werden deine ganze Kraft aufsaugen, bis nichts mehr von dir übrig ist!"

⚕

Alvaro erkannte die Stimme sofort, sie gehörte dem freundlichen Einsiedler. Alles in ihm begehrte auf, er drehte sich und strampelte um sein Leben. Doch es war bereits zu spät. Die Wurzelfinger griffen nur noch fester zu, rissen ihn tiefer und tiefer. Ein letzter Blick gelang dem Jungen noch auf den wogenden Nachthimmel, dann wurde alles um ihn schwarz.

Calin schreckte in seiner Hängematte hoch. Die Haare klebten ihm am Kopf, verzweifelt rang er nach Luft. Heiß brannten seine Narben auf der Brust, als wären sie frisch aufgerissen. Im Traum hatte er seinen Sohn gesehen, wie er auf einen Abgrund zugerast war. Er hatte dessen Todesfurcht gespürt. Kein Schrei war zu hören gewesen, nur das Zerren des Windes an Alvaros Haaren. Was für ein Alptraum... Calins Kehle war noch immer zugeschnürt. Doch etwas anderes verursachte ihm weitaus mehr Übelkeit. Der Häuptling der Puchua wusste, dass es kein Traum gewesen war. Er wusste, dass Alvaro in Gefahr war. Und so wiederholte sich nur ein einziger Gedanke in seinem Kopf: *„Ich muss Alvaro suchen, jetzt.“*

Der Spiegel des Wassers ✧

Geraume Zeit saßen sie nun schon auf dem Felsen und lauschten dem Apu. „Kurz nach dem Verschwinden des Lichtes zog eine Stimme durch den Wald, tauchte ein in Bäche und Flüsse und gelangte so schließlich zu mir. Sie sprach von einem, der das Licht suchen würde. Einem, dem ich helfen muss. Und als das Wasser eure Botschaft brachte, wusste ich, dass die Zeit gekommen ist." beendete das große Wesen gerade seine Erzählung.

Der Enano seufzte. „Ja, wenn es uns nicht bald gelingt, die Laterne zu finden, wird die Natur sich nicht mehr erholen. Wunden klaffen schon jetzt überall, das haben wir deutlich auf dem Weg hierher gesehen." Hoffnungsvoll blickte er auf den Apu. „Aber man hat uns gesagt, Du wüsstest Rat." Sein Gegenüber nickte langsam und erleichtert hörte der Waldhüter ihn sagen: „Lasst uns in den Spiegel des Wassers blicken. Er wird uns zeigen, wo das Licht zu finden ist." Gemeinsam mit Manuel rutschte der Enano also vom Felsen und folgte dem Apu zurück an das Ufer des Sees. Dort angekommen sprach der Apu: „Taucht mit euren Augen ein in das Wasser und schon bald werdet ihr sehen." Der Waldhüter streckte sich. „In Ordnung, versuchen wir es."

✧

Zuerst schaukelten seine Augen nur auf den Wellen des Wasser hin und her, aber nichts geschah. Dann jedoch, ganz langsam, veränderte sich das Bild. Es zerrann und der Waldhüter erblickte den Grund des Sees, geschmückt von Blumen in entrückten Farben. Glitzernd schwebte das Licht des Sonnenmannes in Luftblasen zur Oberfläche, alles war so friedlich. Eine Wasserschlange züngelte ohne Scheu ganz dicht am Enano vorüber und hinterließ einen purpurnen Streif im Blau des Wassers. Kleine Fische schwammen hin und her und der Hüter des Waldes spürte Frische und Leichtigkeit in sich aufsteigen. Aber noch ehe er sich an dieses Gefühl gewöhnen konnte, veränderte sich das Bild erneut.

Wabernder Schlamm breitete sich aus, verdrängte die Blumen und auf dem Boden wucherte plötzlich Moos und Tang. Algen zogen Schlieren durch das Wasser, verschmutzten das Blau. Die Fische verschwanden, stattdessen wuchs das Moos mit jedem Augenblick, wurde dichter, bis es schließlich zu bräunlichen Baumriesen mit hager ausgestreckten Ästen geworden war. Das eben noch glitzernde Licht war nicht mehr vorhanden. Grauer Nebel hüllte jetzt modrig klamme Gerüche ein, die vom Boden aufstiegen. Im Geäst der Bäume sah der Waldhüter verfaulte Blätter und mit jedem Detail wuchs das Unbehagen in ihm. Er kannte diesen Wald...

Plötzlich sah er etwas zwischen den vertrockneten Gehölzen blinken. Ein kleines, schwaches Licht zerriss die Fahlheit der Pflanzen. Der Enano kniff die Augen zusammen. War es das, was sie suchten? Gleichzeitig wünschte er, sich zu irren. „Nicht hier..." dachte er seufzend. Ein, zwei Herzschläge klammerte er sich an die Hoffnung, aber schließlich musste er sich der Wahrheit stellen. Sie war es, die Laterne der Nachtfrau, verheddert in einer dürren Astgabel.

Während der Enano noch versuchte, diese Entdeckung in seinem Inneren zu ordnen, passierte auf einmal etwas Unerwartetes. Eine menschliche Gestalt tauchte neben der Laterne auf und griff nach ihr. Schon wollte der Waldhüter etwas rufen, als die Gestalt sich umdrehte und ihn mit vor Todesangst verzerrtem Gesicht anstarrte. Der Enano erkannte den Jungen sofort, es war Alvaro aus Manuels Dorf. Doch noch ehe der Hüter des Waldes reagieren konnte, zerfiel das Bild vor seinen Augen zu Staub und er fand sich am Ufer des Sees wieder.

⁕

Erst jetzt bemerkte er, wie er schwer nach Atem rang. Ein Frösteln überkam ihn, als er an das Gesicht dachte. Und den Wald. Es war schlimmer, als er erwartet hatte. Ausgerechnet dort... „Enano! Enano! Hast du es auch gesehen?" Manuels Stimme riss ihn aus seinen Gedanken und er blickte sich um. Da war sein junger Menschenfreund, der Apu und natürlich Chiki. Alle sahen den Waldhüter an. „Ja, ich habe es gesehen. Wir müssen ins Tal der dumpfen Bäume, dort ist die Laterne. Und auch Alvaro, er ist in großer Gefahr!"

„Du weißt was das bedeutet?" fragte der Apu den Enano ernst. „Ja." Zu Manuel gewandt ergänzte er: „Das Tal ist äußerst hinterlistig, voller Hass. Wir müssen sehr vorsichtig sein, wollen wir Alvaro und das Nachtlicht retten." Manuel nickte stumm, doch der Waldhüter spürte dessen Unsicherheit. Eindringlich sah er den Jungen an. „Er wird sterben, wenn wir ihm nicht helfen. Vergiss eure Streitigkeiten, das ist nicht wichtig. Wichtig ist nur, dass wir möglichst schnell in das Tal kommen!"

„Und da kann es nur einen Weg geben." meinte der Apu. „Ihr müsst fliegen." Bei diesen Worten ließ er einen Pfiff ertönen, wie der

Enano noch nie einen gehört hatte. Der Laut drang ihm bis in die Knochen, fuhr wie ein Windstoß zwischen den Bäumen hindurch und brachte das Dach des Urwaldes ins Wanken. Der Hüter des Waldes musste erst einmal seine Haare ordnen, bevor er wieder sprechen konnte. „Wen hast du denn jetzt gerufen?" Aber noch bevor der Apu zu einer Antwort anheben konnte, legte sich ein Schatten über sie. Der Enano sah nach oben und und erblickte einen riesigen Vogel, der sich trotz seiner Größe elegant an den Bäumen vorbei schwang und schließlich mit einem einzigen kräftigen Flügelschlag bei ihnen auf dem Felsen landete.

⚜

Das Tier war im Gegensatz zum Tausendflügler ganz in braune Federn gekleidet. Nur der Schnabel leuchtete grün und schwarze Augen blickten in die Runde. „Natürlich, der Grünschnabel!" erkannte ihn der Enano sofort. Das Zuhause dieses Vogels lag eigentlich oberhalb der Baumkronen und der Waldhüter hatte ihn schon lange nicht mehr getroffen. „Ich freue mich so sehr dich zu sehen! Du wirst uns also ins dumpfe Tal bringen?" „Deswegen bin ich hier."

Flüsternd stammelte Manuel: „Du meinst, wir fliegen mit ihm...?" Der Enano sah den Jungen an. „Ja. Doch du musst keine Angst haben. Halt dich einfach an mir fest und dir wird nichts geschehen." Damit nahm er Manuel bei der Hand und kletterte ohne Zögern auf den Rücken des Vogels. Chiki flatterte aufgeregt um sie herum, der Apu musterte sie alle eindringlich. „Seid vorsichtig, meine Freunde. Das Tal birgt viele Gefahren." Die Worte des Apus tief in sich aufnehmend, nickte der Waldhüter ihm zu. „Danke für alles. Wir werden uns wieder sehen, versprochen." Dann blickte er entschlossen nach vorne und gab dem Grünschnabel das Zeichen zum Abflug.

Rettung kommt ⚔

So sehr er sich auch bemühte, Alvaro konnte weder Arme noch Beine bewegen. Sie steckten zwischen unzähligen Schichten aus Erde fest, wurden vom Gewicht der Welt zerdrückt wie morsches Holz. Immer wieder durchzuckten ihn Schmerzen und Erdklumpen versuchten, seinen Mund zu verstopfen, sobald er ihn auch nur einen Spalt öffnete.

Die Wurzeln, die ihn in diese Hölle gezerrt hatten, hielten ihn erbarmungslos fest. Woher sie gekommen waren, oder was sie überhaupt waren, überstieg Alvaros Vorstellungskraft. Ihr Griff hingegen war nur allzu real. Trotzdem hatte er keine Ahnung, wie er hier gelandet war. Sein Kopf spielte verrückt beim Versuch, die Bilder vor seinen Augen zu einem Ganzen zusammenzufügen. Die einfachste Erklärung war natürlich, dass er sich in einem Traum befand. Das Licht in seinen Händen, sein Sturz und diese bösartigen Wesen aus der Erde, das alles würde dazu passen. Die unsäglichen Schmerzen in seinem Körper sprachen jedoch dagegen.

„Also bin ich doch eingeschlafen und irgendwie irgendwo hineingefallen", war Alvaros logischer Schluss. Fast fühlte er sich wohl mit dieser Erklärung, doch änderte sie nichts an seiner Situation. Er war gefangen, das Ende absehbar. Die kaltblütige Stimme, die er meinte vernommen zu haben, ließ keinen Zweifel daran. Zwar kam diese Stimme aus seiner Fantasie und aus irgendeinem Grund hatte sein Kopf sie in die Gestalt des Einsiedlers gesteckt, aber Alvaro

wusste: *„Alleine werde ich mich hier nie befreien können, wo auch immer dieses Hier ist."*

⚘

Aller Hoffnung beraubt, sank er in den Griff der Wurzeln. Das war es also. Aus, vorbei. Alvaro schluckte. Wie hatte das nur geschehen können? Wo hatte er nicht aufgepasst? Tage und Nächte allein im Wald hatte er überstanden, sogar der Nebel hatte sich ihm nicht gezeigt. Gut, da war dieser merkwürdige Traum gewesen. Aber das war auch schon alles. Er hatte doch nichts falsch gemacht! Eine Spur der Laterne hatte er ja auch gefunden, beim Einsiedler. *„Was war danach nur passiert?"*

Alvaros Herz war schwer wie noch nie in seinem Leben und wehmütig dachte er an das, was nun vorbei war. Sein Dorf, seine Eltern. Die Gerüche über den Feuerstellen, das Rauschen in den Blättern der Bäume. Rufinas Augen, deren Schwarz ihn seit er denken konnte magisch anzog. Und ihr Haar, welches mit dem Wind flog und das er so gerne einmal berührt hätte. *„Nur ein einziges Mal..."* All das hatte er weggeworfen, weil er ein Held sein wollte. Welch ein Schwachsinn... Er hätte besser zu Hause bleiben sollen. Er war kein Held. Nur ein kleiner Junge, der sein Leben verwirkt hatte.

Fast schon sehnsüchtig wartete er jetzt auf seinen letzten Atemzug. Irgendetwas wand sich feucht klebrig auf seiner Haut. Würmer gruben sich zu ihm durch und der Junge stöhnte auf. Seine Fingerkuppen fingen an zu kribbeln, wurden taub. Ebenso seine Zehen. *„So ist es also mit dem Sterben."* Alvaros ganze Kraft floss aus ihm heraus wie Wasser. Ihm war, als würde er aus unzähligen Wunden bluten, immer dünner werden. Gleichzeitig fingen die Wurzeln erneut an, sich um ihn zu winden. Sie bissen sich förmlich fest. Irgendwie wurden sie auch länger, schlängelten sich durch seine Haare. „Nur ein kleines bisschen weiter und du wirst für immer in uns sein." Die Stimme des Einsiedlers dröhnte in Alvaros Ohren. Höhnisch grinsend tauchte das Gesicht des Alten vor ihm auf, die verfaulten Zähne entblößend. Eisige Kälte durchfuhr den Jungen. Da war sie wieder, diese Illusion. Doch egal woher sie kam, sie machte ihm Angst. Angst, die sein Herz zu zermalmen drohte. „Bitte, lass es schnell vorbei sein." dachte er flehend.

✦

Da jedoch ertönte ein Schrei. So barbarisch, dass Alvaro bis auf den Grund erschüttert wurde. Noch einmal erschien das Gesicht des Einsiedlers, nun unter Schmerzen zu einer entsetzlichen Grimasse verzerrt. Gleichzeitig lief eine Bewegung durch die Wurzelfinger, als rüttele jemand mit aller Macht an ihnen. „Was ist das?" In Alvaro brach Chaos aus. Die wachsenden Wurzeln, dieser Einsiedler – sein Kopf wollte platzen. Die Angst in seinem Herzen wurde übermächtig, er wollte nur noch verschwinden. Aber dann stellte er fest: „Sie lassen mich los!" Der Griff der Wurzeln ließ tatsächlich nach. Wütendes Zischen drang zu ihm durch und der Junge spürte, wie Holz an seinen Armen und Beinen entlang kratzte, Striemen in seinen Rücken fraß.

Und dann waren sie plötzlich fort, die Finger, die sich eben noch in ihn gekrallt hatten! Alvaro wusste nun überhaupt nicht mehr, wie ihm geschah. Doch Zeit darüber nachzudenken, gab er sich nicht. „Du musst graben! Jetzt, jetzt kommst du hier raus!" schrie es in seinem Inneren, neue Hoffnung im Herz. Verbissen presste er also die Lippen zusammen und begann, sich durch Erdklumpen und feuchte Erdmassen zu kämpfen.

Die Frage, wem oder was er seine Rettung zu verdanken hatte, stellte der Junge sich nicht. Entschlossen schob er einfach nur Erde von sich, stöhnend vor Anstrengung. Alles an ihm klebte, kaum blieb ihm Luft zum Atmen. Doch je weiter er kam, desto größer wurde die Gewissheit zu entkommen. Deshalb ignorierte er seine abgebrochenen Fingernägel, die erstickende Erde im Mund. Bis ihn irgendwann ein winziger Lichtstrahl blendete. Da explodierte Freude in Alvaro und Tränen schossen ihm in die Augen. Mit letzter Kraft schob er sich nach oben, als aus dem Nichts kommend zwei Hände nach ihm griffen. Fest hielten sie seine Arme und begleitet von den Worten: „Ich habe ihn!", halfen sie ihm, der Hölle zu entrinnen.

An der Oberfläche angekommen, wurde der Junge von neuerlicher Panik ergriffen. Hektisch befreite er sich von den Händen und robbte weg von dem Loch, welches ihn bis vor wenigen Augenblicken noch verschluckt hatte. Sein Atem ging schnell und er starrte auf die Beine, die ihm gegenüberstanden. Eigentümlich vertraut waren sie. Dann gingen sie in die Hocke, so dass das zugehörige Gesicht in sein Blickfeld rückte.

÷

„Alvaro! Keine Angst, ich bin es." Für einen kurzen Moment hörte sein Herz auf zu schlagen, als er in die blauen Augen sah. „Du?" Seine Stimme versagte. Mit allem hätte er gerechnet, nur nicht damit. *„Manuel..."* Misstrauisch glaubte der Junge an eine neuerliche Täuschung. Abwehrend schüttelte er deshalb den Kopf. Dabei bemerkte er, wie immer noch Tränen über seine Wangen liefen. Beschämt wischte er sich über das Gesicht und begegnete dabei erneut Manuels Blick. Der war so anders...

Das konnte doch alles nicht wahr sein! Schon rechnete Alvaro damit, den Einsiedler hinter Manuel stehen zu sehen, als er etwas erkannte. Sein Leben war gerade eben von dem Jungen gerettet worden, den er glaubte, am meisten zu hassen. Und dem er am wenigsten vertraut hatte. Bisher... Diese Feststellung traf Alvaro tief und auf einen Schlag verschwand all seine Überheblichkeit. Er hatte sich geirrt, sein Leben lang.

Der Sonnenmann verabschiedete sich gerade, als Calin stehenblieb. Angespannt streiften seine Augen durch das Dickicht. Noch am selben Morgen, an dem er diesen furchtbaren Traum gehabt hatte, war er losgezogen. Ein wenig kopflos, aber die Angst um Alvaro hatte seinen Verstand völlig durcheinander gebracht. Er war einfach losgelaufen, in dieselbe Richtung wie sein Sohn. Und bisher hatte er auch immer wieder Reste einer Feuerstelle oder leere Bananenblätter gefunden, jetzt aber verlor sich die Spur. Einen einsamen Fußabdruck hatte Calin noch in einem fast ausgetrockneten Bachbett ausfindig machen können, doch das war das letzte Zeichen von Alvaro gewesen.

Calin sah sich um. Inzwischen war er so tief wie nie zuvor in den Urwald vorgedrungen. Baumriesen neigten sich ihm düster entgegen, Moskitos summten angriffslustig in seinen Ohren. Spinnweben verschleierten den Blick in das Gestrüpp, hier war schon sehr lange kein Mensch mehr vorbei gekommen. Etwas Fremdes lag in der Luft, das sich der Häuptling nicht erklären konnte. Ein Raunen lief durch die Blätter, wenn der Wind über sie strich und selbst die sonst so fröhlich trällernden Vögel sangen nur vereinzelte Lieder. Calin erschauerte, die Bäume waren zu nah, die Luft zu dick. Und zu allem Überfluss wurde es dunkel.

Doch wie in den vergangenen Nächten zuvor würde er auch hier zurecht kommen. *„Ich brauche nur ein Feuer."* Nicht weit von ihm entfernt sah er eine Gruppe von Bäumen, die so dicht beieinander standen, dass sie eine Art Wand bildeten. *„Das ist schon mal ein guter*

Lagerplatz." Etwas zuversichtlicher gestimmt begann er, Holz zu sammeln und aufzuschichten. Schon bald züngelten rötliche Flammen in der Dunkelheit und seufzend ließ Calin sich zu Boden sinken, seinen Speer griffbereit neben sich.

Hunger verspürte er nicht wirklich, stattdessen lasteten Vorwürfe auf seinen Schultern. *„Ich hätte Alvaro nicht gehen lassen dürfen..."* Das hatte er nun davon. Von wegen einen neuen Weg beschreiten. Großartig hatte er sich gefühlt. Dieses Gefühl war jedoch gleichzeitig mit seinem Traum zerbrochen. Er hatte Alvaro allein gelassen, nichts weiter. Irgendwie musste er das wieder gerade biegen, er war schließlich sein Vater und die Menschen des Dorfes vertrauten ihm. Nur deswegen hatten sie Alvaros Weggang akzeptiert, hatten sich nicht der Angst hingegeben. Und auch nur deswegen saß er nun hier im Wald, um seinen Sohn zu suchen.

Schwer war Calins Herz und er wusste nicht, wie er seine Suche fortsetzen sollte. *„Alvaro... Wo bist du nur?"* Solange er noch auf Zeichen gestoßen war, hatte ihn die Hoffnung nicht verlassen. Aber jetzt... Leise füllten sich seine Augen mit Tränen, Schmerz stach in seinem Inneren und blicklos starrte er in das Feuer vor sich.

✢

So nahm er die Veränderung um sich herum erst gar nicht wahr. Doch dann drang sie zu ihm durch. Er blickte auf und sah Nebel, der aus der Erde wuchs, an Baumstämmen leckte. Das Feuer flackerte unter Windstößen hin und her, die Geräusche des Waldes hallten durch die Nacht. Calin war plötzlich wieder hellwach und instinktiv rutschte er näher an die Bäume hinter sich heran. *„Oh nein, nicht* *das...*" Seine Augen verengten sich in voller Konzentration, seine Hand griff nach dem Speer. Den Kummer von eben vergessend war er jetzt nur noch eins: Calin, Jäger und Häuptling der Puchua.

Denn direkt vor ihm tauchte aus dem Nebelmeer das auf, was er schon einmal in die Flucht geschlagen hatte. Der Puma. Lautlos schlichen seine Pfoten über den Grund des Urwaldes. Grüne Augen starrten Calin an, während schwarzes Fell matt glänzend am riesenhaften Körper des Tieres hinabfloss. Es war genau wie bei ihrer ersten Begegnung. Unheimlich anzuschauen, Gefahr verströmend, strich der Puma vor Calin auf und ab. Beide ließen sich keinen Augenblick aus den Augen, fixierten sich.

Ganz vorsichtig erhob sich der Häuptling, jede hektische Bewegung vermeidend. Seinen Speer hielt er vor sich und Schritt für Schritt versuchte er, sich von der Wand aus Bäumen zu entfernen. Eben noch ein Schutz, waren sie jetzt ein Hindernis, wenn es zum Kampf kam. Und als hätte der Puma Calins Gedanken erraten, fauchte er ihn an und sprang in seine Richtung. Dem Häuptling stockte der Atem, sein Körper spannte sich und ein Satz nach hinten sollte ihn retten. Doch zu seinem Entsetzen blieb er an einer Wurzel hängen und fiel rückwärts zu Boden. Ein verzweifeltes „Ah!" war alles, was Calin noch von sich geben konnte. Dann schlug sein Kopf hart auf einem Stein auf und seine Welt wurde schwarz.

Als er wieder zu sich kam, wagte er nicht sich zu rühren. Und das nicht nur wegen der Schmerzen am Kopf. Deutlich konnte er nämlich hören, wie Pfoten sanft näher tappten und sich ein großer Körper neben ihm nieder ließ. Schweiß trat dem Häuptling auf die Stirn und sein Herz hämmerte ohrenbetäubend in seiner Brust. Angst drohte ihm den Atem abzuschnüren. Neben der Gefahr, in der er sich befand, nagte ein unerträglicher Gedanke an ihm: Niemals würde er erfahren, wo Alvaro abgeblieben war, denn niemand würde es ihm mehr erklären können. Diesen Kampf, hier und jetzt, würde er verlieren, dessen war er sich sicher.

Angespannt wartete Calin also auf sein Ende, doch nichts geschah. Quälend langsam verloren sich die Momente in Zeitlosigkeit und er meinte schon fast, sich alles nur eingebildet zu haben, als ihn ein Rascheln in die Wirklichkeit zurück holte. Vorsichtig öffnete er die Augen, auf das schwarze, todbringende Ungeheuer vorbereitet. Doch was er sah, entsprach so gar nicht seinen Erwartungen. Der Puma lag nur eine Handbreit von ihm entfernt auf dem Boden und leckte sich genüsslich über seine riesigen Pfoten. Ausgiebig widmete er sich der Säuberung seiner scharfen Krallen und würdigte Calin keines Blickes. So entspannt hatte sich das Tier neben ihm ausgestreckt, dass er beinahe an seinem Verstand zweifelte. Was in aller Welt ging hier vor sich?

✧

„Das kann ich dir wohl verraten". Der Häuptling erstarrte, als der Puma seinen Kopf wandte und ihn anblickte. Sein Körper war mit einem Mal bis in die Zehenspitzen in Alarmbereitschaft. In seinem Kopf jedoch herrschte das reinste Chaos. Wer sprach da mit ihm? „Ich spreche mit dir." Mit diesen Worten setzte sich der Puma auf und nickte Calin zu, dasselbe zu tun. „Das ist unmöglich. Einbildung, ein Traum. Wie sollte ein Tier sprechen können..." stotterte der Häuptling vor sich hin, während er so weit wie möglich von dem Geschöpf abrückte, das ihn einst so grausam angegriffen hatte. „Ja, das ist schwer zu verstehen. Und doch sollte es dir nicht neu sein." „Manuel..." Wie von selbst tauchte dieser Name in Calins Gedanken auf und brachte etwas in seinem Inneren zum Schwingen. „Ja, genau der. Aber nicht allein wegen ihm bin ich hier. Ich bin hier, um dir von Alvaro zu berichten."

Der Name seines Sohnes ließ Calin alles vergessen und erstaunt hörte er sich selbst fragen: „Du weißt wo er ist?" Schnell schloss er den Mund wieder, da er nicht glauben wollte, was er gerade getan hatte. „Ja. Und ich kann dir sagen, dass er jetzt in Sicherheit ist. Manuel und seine Freunde sind bei ihm. Gemeinsam werden sie das Licht finden und dann nach Hause kommen. Du solltest dich also auf den Rückweg machen, das Dorf braucht dich."

Die Worte des Pumas hallten in Calin nach wie ein Echo. Mit weit aufgerissenen Augen starrte er das große Tier an, wie es sich langsam erhob, den Kopf wie zum Abschied neigte und ruhigen Schrittes zwischen den Bäumen verschwand. Niemand würde ihm das hier glauben... Aber überraschenderweise spielte das keine Rolle. Calin selbst glaubte es und das war das Verblüffendste. Er glaubte aus vollem Herzen, dass der Puma zu ihm gesprochen hatte – und dass Alvaro in Sicherheit war.

Wieder einmal war alles auf den Kopf gestellt und gerade deswegen endlich richtig. Manuel staunte. Wie selbstverständlich stand er hier, auf dem Weg zum verlorenen Nachtlicht, zusammen mit dem Enano und dem kleinen Tausendflügler. Und Alvaro. Dem Jungen, der ihm bisher am meisten von allen zugesetzt hatte.

Manuel spürte, dass er nicht mehr der Außenseiter war, der sich im Wald verkroch. Er war Manuel, der seine lichten Kräfte gebündelt hatte, um Alvaro aus den Klauen der dumpfen Bäume zu befreien. Ihre Zähne aus seinem Fleisch zu reißen. Ihn aus der Erde zu graben, bevor er für immer in ihr verloren gewesen wäre. Zusammen mit dem Enano hatte er die listigen Wesen zurückgeschlagen, bis ihm vor Anstrengung der Schweiß von der Stirn getropft war. Aber sie hatten gewonnen. Er hatte gewonnen.

Und trotz dieser Veränderung wusste er jetzt nicht recht, was er sagen sollte. Etwas befangen räusperte er sich und sah sich nach dem Waldhüter um. Sein Freund hatte sich im Schatten der Bäume versteckt, um Alvaro eine Atempause zu gönnen. Nun aber trat er hervor und deutlich hörte Manuel, wie der andere Junge die Luft einsog. Manuel hob beruhigend die Hand: „Das ist mein Freund, der Waldhüter. Er und der Tausendflügler Chiki helfen mir bei der Suche nach dem Licht der Nachtfrau. Sie haben auch geholfen, dich zu finden." Und als hätte der Vogel nur auf dieses Stichwort gewartet, flatterte er nun ebenfalls aus den Schatten heraus.

Der feste Ton seiner eigenen Stimme gefiel Manuel. „Hier, trink etwas nach der Anstrengung." Er hielt Alvaro seinen Wasserschlauch hin. Der nahm ihn entgegen und flüsterte: „Danke." Manuel lächelte still in sich hinein. Die Härte, die er bisher gegen diesen Jungen verspürt hatte, war verschwunden. Jetzt war er nur noch froh, ihn rechtzeitig gefunden zu haben. Nicht auszudenken was mit ihm passiert wäre, hätte der Grünschnabel sie nicht so schnell hierher gebracht...

✢

Erschöpft setzte sich Manuel neben Alvaro und blickte sich um. Bei ihrer Ankunft waren die Bäume dicht aneinander gedrängt gewesen, die Luft fast zu schwer zum Atmen. Nun hingegen sah alles etwas anders aus. Die Pflanzen waren zurückgewichen, Büsche wurden nicht mehr wie von einer unsichtbaren Last zu Boden gedrückt. Und dennoch: Die Boshaftigkeit, welche Manuel von Anfang an gespürt hatte, war geblieben. Versteckt zwar, aber sie war immer noch da. Die Bäume und sogar der Wind an diesem Ort hatten nichts gemein mit dem, was er aus den anderen Teilen des Urwaldes kannte. Alles Leben hier war erfüllt von einem einzigen Bestreben. Dem Bestreben nach Macht.

Manuel erschauerte. „Wir sollten weiter." sprach er in die entstandene Stille hinein. Der Waldhüter nickte ihm zu und auch Alvaro blickte auf. „Wisst ihr denn, wo die Laterne ist?" fragte er etwas unbeholfen. „Ja, wir haben sie gesehen." Manuel sah in Alvaros erstaunte Augen. „Wir hatten Hilfe vom Apu des Wassers. Er kommt aus der gleichen Welt wie Chiki und der Waldhüter." Alvaros Augen wurden noch größer. Deutlich konnte Manuel die Gedanken seines Gegenübers hören. *„Jetzt versteh ich gar nichts mehr... Ich habe*

113

wirklich gedacht, die Wurzeln wären ein Traum gewesen. Aber das waren sie wohl nicht. Manuel ist hier. Und diese anderen... Hat der Puma hiervon gesprochen? War der auch echt?"

Manuel wurde nicht schlau aus diesen Worten, doch war er zu unruhig, Alvaro nach der Bedeutung seiner Gedanken zu fragen. *„Außerdem weiß er ja gar nicht, dass ich ihn hören kann..."* So sprach er einfach nur: „Das alles ist sehr viel für dich, das ist mir klar. Aber bitte vertrau uns! Hilf uns das Licht zu retten, nur das ist jetzt wichtig. Und wir können jede Unterstützung brauchen." Wie um das Gesagte zu unterstreichen, lief ein Rascheln durch die Blätter über ihren Köpfen. „Wir sollten nicht noch mehr Zeit verlieren." Gespannt wartete er auf Alvaros Antwort. Und als diese kam, erfüllte sie Manuel mit großer Dankbarkeit: „Mein Kopf dreht sich. Ich habe keine Ahnung was passiert ist, wo ich bin, ob deine Freunde Einbildung sind... Aber dir vertraue ich, du hast mein Leben gerettet."

⁘

„Gut, dann können wir ja endlich gehen", zwitscherte es von oben herab. Der Tausendflügler, der sich bis jetzt ruhig verhalten hatte, war nicht mehr aufzuhalten. Ungeduldig flatterte er hin und her, während er auf Alvaro einredete: „Du wirst uns also helfen? Das ist großartig! Und Manuel kennst du schon lange? Davon erzählst du mir später mehr, ja? Aber zuerst gehen wir weiter, das Licht soll ja ganz in der Nähe sein. Komm nur, folge uns!" Ohne auf eine Reaktion zu warten, flog der Vogel zwischen den Bäumen davon, während Alvaro ihm völlig überrumpelt nachblickte.

„Also los." sagte der Waldhüter und machte sich ebenfalls auf den Weg ins Dickicht. Nach einem letzten Schluck aus dem Wasserschlauch waren dann auch Manuel und Alvaro bereit und gemeinsam folgten sie den farbigen Flecken, welche Chiki an Lianen und Baumstämmen bereits hinterlassen hatte. *„Jetzt ist es nicht mehr weit."* Manuel konnte es bis in seine Fingerspitzen spüren. Und gerade deswegen versuchte der Wald mit allen Mitteln, sie aufzuhalten. Äste schlugen unerwartet durch die Luft, knapp an seiner Kehle vorbei. Löcher im Boden, von verfaulten Blättern gut getarnt, rissen seine Füße aus dem Takt und ließen ihn stolpern. Wurzeln legten sich ihm in den Weg und das ein oder andere Mal rutschte er auf dem schlammigen Boden aus. So kamen sie nur langsam voran, dafür geschah jedoch etwas Anderes. Mehr und mehr fühlte sich Manuel mit Alvaro verbunden, wie sie sich gegenseitig Äste aus dem Weg hielten oder vor listigen Mulden im Boden warnten. Und Alvaro erging es genauso, das sah er in dessen Augen. So stahl sich trotz der Mühen ein kleines Lächeln auf Manuels Lippen, welches sich auch nicht von schleimigem Moos an seinen Händen und eisig kaltem Wind vertreiben ließ.

Nach einiger Zeit erreichten sie einen steilen Hang, der sich braun und glitschig in die Höhe wand. Karge Gewächse überwucherten ihn, Wurzelenden ragten dürr aus der Erde hervor und krallten sich in der Luft fest. Kleinere Felsbrocken staken im Schlamm und bildeten so eine natürliche Treppe. Manuel blies sich eine Haarsträhne aus dem Gesicht. „Da oben geht es wohl weiter." Er blickte in die Runde. Ein jeder war gezeichnet von den bisherigen Strapazen, doch Manuel zweifelte keinen Augenblick: *„Die Laterne ist nah."*

Entschlossen begann er mit dem Aufstieg. Während er sich an vertrocknete Wurzeln klammerte, gruben sich seine Füße in den Matsch. Seine Haare verfingen sich im Gestrüpp und Äste schrammten über sein Gesicht. Jeder Atemzug stach in Manuels Brust, als würde der Wald seine ganze Bosheit auf einmal ausdünsten und die Luft verpesten. Doch der Junge ließ sich nicht aufhalten. *„Ich schaffe das!"* Immer weiter kämpfte er sich den Hang hinauf, angetrieben von einem einzigen Gedanken: *„Da oben ist das Licht!"*

Seine Arme schmerzten, als er sich schließlich über die obere Kante des Abhangs zog. Dreck klebte ihm im Gesicht und sein Herz war nah am Zerspringen. Eigentlich wollte er sich nur noch auf die Seite rollen und ausruhen. Das Tageslicht flimmerte diffus, während Manuel nach Atem rang. Hier oben waren die Bäume niedriger, ihre Kronen hatten sich ineinander verkeilt und auf dem Boden waberte giftig gräulicher Nebel. *„Sie muss einfach hier sein..."*

÷

Der Junge stand auf, klopfte sich die nasse Erde so gut es ging vom Körper. Und da bemerkte er es. Ein Quietschen, wie er es noch nie gehört hatte. Das war kein Tier. Manuel runzelte die Stirn und blickte suchend um sich. Langsam bewegte er sich dabei vom Abhang fort, den eisigen Bodennebel an seinen Füßen ignorierend. Schritt für Schritt tastete er sich so vorwärts, bis er sie dann endlich sah. Eine kleine Laterne, die hilflos in den knorrigen Ästen eines toten Baumes hängen geblieben war. Manuel verstand im ersten Moment gar nicht richtig, was das bedeutete. Dann aber übermannte ihn die Realität: Sie hatten tatsächlich die Laterne gefunden! Unbändiger Jubel überkam ihn, ein Strahlen machte sich auf seinem Gesicht breit und sein Mund öffnete sich zu einem glücklichen Lachen.

Doch sofort schloss er ihn wieder, denn in welch erbärmlichem Zustand war die Lampe! Zahllose dunkle Flecken auf dem Gehäuse erzählten vom Flug durch Blattwerk und Gestrüpp. An einigen Stellen waren Dellen zu erkennen. Manuels Freude geriet ins Wanken. An einem Henkel hängend, wurde das Nachtlicht vom Wind hin und her geschaukelt. Daher auch das Quietschen. Welch ein trostloser Ton! Verwundet, einsam in der Nacht verloren. Das Licht, welches sonst sogar über den Rand des Himmelsdaches schwappte, reichte nur mehr bis zum nächsten Baumstamm. *„Deswegen haben wir sie nicht schon früher gesehen..."* Da war Manuel mit einem Mal klar, wie sehr die Zeit tatsächlich drängte.

Kurz überlegte er, auf den Waldhüter und die anderen zu warten. Doch schnell verwarf er diesen Plan wieder. Er musste handeln, jetzt. Also legte er sein Proviantbündel und den Speer auf den Boden und begann, leise zu sprechen. Das Licht vor ihm flammte immer wieder auf, als wolle es mit letzter Kraft Leben in sich sammeln. Dann wieder versiegte es fast gänzlich, so dass sich die Dunkelheit mit gierigen Fingern nähern konnte. Manuel wusste, er musste diesen Fingern zuvorkommen.

„Keine Sorge, ich bin gleich bei dir. Nur ein paar Schritte noch und dir kann nichts mehr geschehen." Unablässig ließ der Junge seine Stimme durch die Luft gleiten. Seine Worte berührten dabei nicht nur die Laterne. Sie hefteten sich auch an die Baumstämme, hängten sich an die sich näher schwingenden Lianen. Die Pflanzen zuckten unter ihnen zusammen, als würden sie sich verbrennen. Ein Knirschen lag in der Luft und der Dunst aus Nebel sammelte sich dichter um seine Beine. Aber auch den blies Manuel mit seinem Geflüster von sich fort.

Während er der Laterne immer näher kam, merkte Manuel, dass er nicht allein war. Ganz deutlich vernahm er ein Gemurmel und schweren Atem hinter sich: Der Waldhüter und Alvaro. Ein paar Mal erhellte ein Leuchten die allgegenwärtigen Schatten an diesem Ort, Holz brach entzwei. Sie halfen ihm, ein jeder auf seine Art. Das spornte Manuel an, auch wenn das Böse um ihn herum an seinen Nerven zerrte. Von allen Seiten drang es auf ihn ein, durchlöcherte ihn mit winzigen Stichen. Die Füße, sein ganzer Körper brannte, aber schließlich war der Junge auf drei Schritte an die Laterne heran gekommen. Dann waren es noch zwei.

✢

Plötzlich versagte Manuels Stimme. Sogleich stürzte der ganze Wald auf ihn ein, die Nebel packten seine Füße, das Böse drang tiefer und tiefer in sein Fleisch ein. Haare wurden dem Jungen in ganzen Büscheln vom Haupt gerissen, dass er meinte, nur noch blutende Wunden am Kopf zu haben. Überdeutlich vernahm er das Knacken der Bäume, die ihr Astwerk in seine Richtung wachsen ließen. Erste feine Zweige schrammten bereits über seine Brust, kleine Blätter entzündeten sich an seiner heißen Haut und ließen das Nachtlicht vor seinen Augen verschwimmen. Sein ganzer Körper wand sich, seine Arme erschlafften, seine Beine knickten langsam in sich ein.

„Nur noch ein Schritt!", hörte er den Enano hinter seinem Rücken rufen. Und genau dieser Ruf war es, der alles an Stärke in Manuel mobilisierte, was noch zu finden war. Verborgene Hände richteten seinen Körper wieder auf. Die Umrisse der Laterne nahmen erneut Gestalt an und endlich konnte Manuel seine Arme nach ihr ausstrecken.

Seine Hände zitterten, als er das unscheinbare Gehäuse berührte. Gleichzeitig hörte er seine eigene Stimme, welche nicht nur das Astgewirr um die Lampe zum Beben brachte. „Gebt sie frei, sie gehört euch nicht!" Wie ein Sturm fegten Manuels Worte über die Pflanzen und anderen Wesen des Waldes hinweg. Sie alle duckten sich, wisperten ängstlich vor sich hin, drängten sich noch dichter an den Boden, bis sie endlich in sich zusammenbrachen und in morsche Stücke zerfielen. Da schlossen sich Manuels Hände ganz um die Laterne und seine Welt wurde leicht.

Irgendetwas rüttelte an ihrer Hängematte, so dass sie unwillkürlich ins Rutschen kam und beinahe in den Ranken hängengeblieben wäre, welche das Kopfende ihres Schlafplatzes umrahmten. Verwundert runzelte die Mondin die Stirn. Ihre Hände um den Stoff der Hängematte geklammert, schielte sie hinab in die aufziehende Dunkelheit. Zwei Lianen, so dick wie Baumstämme, hielten ihr Nachtlager am Himmel. Angestrengt suchte sie die ineinander gedrehten Ranken ab, deren Enden unter dem Dach des Urwaldes auf der Erde verborgen waren. Sie konnte sich nicht erinnern, wann sie das letzte Mal nach dort unten geblickt hatte. Der Verlust ihrer Laterne wog zu schwer, ihre eigene Unachtsamkeit war zu bitter. Anfangs hatte sie noch gehofft, das Licht würde irgendwie zu ihr zurückkehren. Doch schon bald war ihr klar geworden, dass dies ohne Hilfe ja gar nicht möglich war. Und so waren die Tage einer nach dem anderen vergangen. Abgeschnitten von der Welt hatte die Nachtfrau hier gesessen, alleingelassen. Niemand war gekommen, ihr zu helfen.

Jetzt jedoch wankte ihre Hängematte... Und das inzwischen so heftig, dass sie sich mit einer Hand an der Decke richtiggehend festkrallen musste. Das Herz klopfte der Nachtfrau bis zum Hals. Ganz leise schlich sich der Gedanke bei ihr ein, es könnte eventuell vielleicht doch jemand... *„Nicht so hastig! Du weißt, wie stark auch mal der Wind blasen kann."* versuchte sie, die Kontrolle zu behalten. Dann schob sie sich noch ein Stück weiter vor. Ihr Blick wankte genau wie die Lianen hin und her. Ein paar Mal wurde er soweit in die Irre geführt, dass die Mondin glaubte, eine Bewegung an einem der Äste wahrgenommen zu haben. Doch stets wurde sie eines Besseren belehrt. Licht und Schatten spielten ihr einen Streich, unruhige Blätter führten sie an der Nase herum.

„Nichts weiter als Einbildung, du Närrin", seufzte sie schließlich und wollte sich schon in in ihre Hängematte zurückfallen lassen, als unter ihr ein Lichtschein aufflackerte. Die Mondin hielt den Atem an. Ihre Augen weiteten sich im Anblick dessen, was sich da vor ihr abspielte, ihre Kehle bestand mit einem Mal nur noch aus Staub. Ihre Hände krallten sich so fest in den Stoff der Hängematte, dass ihre Knöchel noch weißer als sowieso schon wurden. Doch nichts davon bedeutete etwas. Vollkommen still beobachtete sie, wie ein kleines Licht langsam, aber stetig an Höhe gewann. Zeit schien sich aufzulösen. Dann spürte die Mondin eine einzelne Träne über ihre Wange kullern. Und sich aus der Starre lösend, flüsterte sie: „Meine Laterne!"

☩

Nun wieder ganz bei Sinnen, nahm sie bald auch andere Bewegungen wahr. Und diesmal waren sie keine Einbildung! Wage Umrisse begleiteten das Licht, hielten sich an den Lianen fest. Ihr kam dieser Junge in den Sinn, Manuel. Der verfügt über die Kraft, die Menschenwelt mit der Natur zu verbinden. *So sagt es zumindest der Rat. Also könnte es durchaus sein, dass..."* kam ihr der Gedanke, als sie den Waldhüter erkannte. Diese Haare waren unverwechselbar! Dann musste einer seiner Begleiter tatsächlich Manuel sein. Doch wer war der dritte?

„Hm..." entfuhr es der Mondin, bevor sie sich erneut über den Rand ihrer Hängematte beugte. Inzwischen war die Gruppe so nah, dass sie die einzelnen Gesichter unterscheiden konnte. Das runzlige Antlitz des Enanos, die blauen Augen Manuels. Der letzte Junge sah entgegen seiner Gefährten immer wieder nach unten, griff angstvoll in die Schlingpflanzen. Da hielt sich die Nachtfrau nicht mehr zurück und rief den Kletterern zu: „Ihr habt es gleich geschafft!"

Die Lianen gerieten erneut ins Schlingern, als alle drei auf einmal ihre Köpfe wandten und der Mondin entgegen schauten. Erschrocken entfuhr ihr ein leises „Oh weh..". Dennoch schaffte sie es, irgendwie Ruhe zu bewahren und ihren Rettern aufmunternd zuzuwinken. Dabei bemerkte sie auch den Tausendflügler, der Flügelschlagend versuchte, den wankenden Kletterpflanzen auszuweichen.

Danach dauerte es nicht mehr lange, bis die kleine Gruppe das Lager der Nachtfrau erreichte. Einer nach dem anderen kletterte schwer atmend über den Rand der Hängematte und ließ sich in den weichen Stoff sinken, wobei der Tausendflügler auf einem dürren Ast am Ende einer der Ranken landete. Im ersten Moment sprach keiner ein Wort. Zu sehr hielt sie die Anstrengung ihrer Klettertour fest. Auch die Mondin war so überwältigt, dass sie gar nichts sagen konnte. Strahlend vor Glück blickte sie einfach nur in die Gesichter vor sich, lächelte über ihr ganzes, weißes Gesicht. Schließlich jedoch blieben ihre Augen an der Laterne hängen, die sich Manuel an seinen Lendenschurz geknotet hatte.

✢

Ihr war, als würde sie aus einem bösen Traum erwachen. Da war sie, ihre kleine Laterne, die sie so lange vermisst hatte. Das Gehäuse war verschrammt, hier und da ein Fleck zu sehen. Aber sie war zurück! Einen Kloß im Hals hinunter schluckend sagte die Mondin endlich: „Ihr habt sie gefunden. Doch erzählt, wo ist sie gewesen?" Fragend sah sie den Waldhüter an. „Sie war im Tal der dumpfen Bäume. José wollte sie für sich und auch Alvaro hat er in die Irre geführt." Die Nachtfrau schüttelte entsetzt den Kopf, waren ihr die Kräfte des Einsiedlers, wie er sich gerne selbst bezeichnete, nur allzu bekannt. Sie wandte sich an den ihr unbekannten Jungen. Mit großen Augen starrte der sie an. Er musste aus dem Dorf der Puchua kommen, genau wie Manuel. Darin war sie sich sicher. „Aber wie konntest du entkommen?" „Manuel kam mir zu Hilfe, mit seinen Freunden. Beinahe wäre es zu spät gewesen..." stammelte Alvaro schüchtern. Dann räusperte er sich und fügte offen hinzu: „Allein hätte ich das nicht geschafft."

Da drehte sich die Mondin zu Manuel und sah ihn lächelnd an. „Dann ist es also geschehen, du bist die Verbindung mit uns eingegangen." Die blauen Augen des Jungen waren auf sie gerichtet, doch statt zu antworten, nickte er einfach nur mit dem Kopf. Dann löste er die Laterne von seinem Lendenschurz und hielt sie ihr entgegen. Wie sehr hatte sich die Hüterin des Nachtlichts danach gesehnt! Gänsehaut überkam sie, als sie langsam ihre Hände ausstreckte. Mit einem Mal war sie so nervös wie ein kleines Kind. Ganz vorsichtig berührte sie die Lampe, sie würde sie nie wieder verlieren.

Als sich ihre Finger vollständig um das Gehäuse schlossen, wurde das Himmelsdach von gleißendem Licht überflutet. Die Laterne explodierte regelrecht, das Leuchten der Sterne wurde kurzzeitig ausgelöscht und sogar die Mondin war geblendet. Ihr entfuhr ein

Lachen, sie spürte die Kraft der Lampe in ihren Händen pulsieren, sah Lichtstrahlen aus ihrem Inneren kommen, die weiter flogen, als irgendjemand blicken konnte. In jede nur erdenkliche Richtung schickte das Nachtlicht seinen Schein und erhellte einfach alles, was es umgab. Die Mondin, Manuel, den Enano, Alvaro und Chiki – und den Urwald unter ihnen mit all seinen Lebewesen, die so lange auf diesen Moment gewartet hatten.

Der Gesang der Seele ÷

Mit einem Seufzer sank Manuel zurück und betrachtete die Laterne, die nun wieder an einer Astgabel am Fußende der Hängematte hing. Niemals würde er das Schauspiel vergessen, mit dem das Licht soeben zurückgekehrt war. Solch ein Leben, solch eine Schönheit... Kaum zu glauben, er hatte erwartet, nicht still sitzen zu können, sobald sie bei der Mondin wären. Aber stattdessen war jetzt alles ruhig in ihm. Er wusste, die Welt war wieder im Gleichgewicht und das war im Grunde ja alles, was er sich seit Beginn ihrer Reise gewünscht hatte. Diese Aufgabe war also geglückt.

„Nur für mich ist es damit noch nicht zu Ende." dachte Manuel bei sich, während alle anderen ihrer Erschöpfung nachgaben. Müde hatte sich Alvaro in der Hängematte zurückgelehnt, Chiki war sogar ganz eingeschlafen, nur noch ein Bündel aus Federn. Allein der Enano flüsterte leise mit der Mondin, erzählte ihr wohl genauer von ihrer Reise. Kurz lächelte Manuel über den Tausendflügler, wie er so friedlich dalag, doch dann wurde ihm wieder bang ums Herz. Jetzt war es an der Zeit, sein Wissen zu den Menschen zu tragen.

„Doch das musst du nicht alleine tun." Mitten in seine Gedanken hinein sprach die Mondin, als sie sich neben ihn setzte. „Alvaro ist nun bei dir und der Enano und all die anderen Wesen unserer Welten. Und auch ich." Fragend blickte Manuel auf. „Wie meinst du das?" „Nun, du hast mir mein Licht zurück gebracht und dafür möchte ich dir etwas schenken." Der Junge sah sich um. „Und was?" Die Mondin schmunzelte. „Es ist nichts, was man sehen kann. Aber pass auf, gleich wirst du es hören." Und noch während sie redete, spürte Manuel ein Vibrieren. Zuerst zerzauste es seine Haare, dann wanderte es zu seinen Ohren. Danach glitt es sanft über seine Arme bis ganz hinunter zu den Fußsohlen.

Dort angekommen hörte es aber nicht etwa auf. Nein, zu Manuels Erstaunen änderte es seine Gestalt. Mit einem Mal war es ein leiser, weicher Ton, der ihn umspielte. Der Junge vergaß seine Umgebung, als unbekannte Laute und Silben nach und nach eine Melodie spannen, die tief in sein Herz drang. Und dort zeigte sie Bilder, die ihn mehr als berührten. Er sah zitternde Hände, die sich beruhigten. Angsterfüllte Augen, die ihre Starre verloren. Verkrampfte Münder, die sich zu einem Lächeln formten. Und noch viel mehr, das ihn unbewusst in die Melodie einfallen ließ.

Erst war es nur ein zögerliches Summen in seiner Kehle, doch schon bald bildeten seine Lippen die neuartigen Laute, als hätten sie nie etwas anderes getan. Manuel versuchte erst gar nicht, Kontrolle über die Melodie zu bekommen. Er ließ sich einfach von ihr mitnehmen, folgte ihr mit seiner Stimme, wo immer sie auch hin wollte. Und so wie er es in seinem Herzen sehen konnte, nahmen die Töne auch den letzten Rest seiner eigenen Angst mit sich fort. Da war kein Zweifeln, kein Missklang mehr. Er war Manuel und genau wie Alvaro würden auch die anderen Puchua das erkennen.

✤

Als der Junge dies dachte, wurde die Melodie langsam wieder leiser. Ton für Ton zog sie sich zurück. Wie von selbst hörte Manuel schließlich auf, mitzusingen und irgendwann waren die Töne dann ganz verklungen. „*Schade...*" Er lauschte noch ein letztes Mal in sich hinein, doch es war tatsächlich vorbei. Ihm entfuhr ein Seufzen, als er sich wieder neben der Mondin fand. Merkwürdig fühlte er sich. Matt und ausgelaugt, gleichzeitig aber befreit und angefüllt von etwas Neuem. Dieses Lied, was hatte es nur mit ihm gemacht? Die Nachtfrau blickte Manuel mit einem Leuchten in den Augen an und antwortete: „Das war der Gesang deiner Seele. Und er kann heilen, deine Wunden und die der Menschen, zu denen du nun zurückkehren wirst."

Teil III

Teile das Licht und werde ganz

Nach einem Abstieg über die Himmelslianen, der ihn einmal mehr das Fürchten gelehrt hatte, waren sie alle wieder auf der sicheren Erde. *„Alle..."* Alvaro konnte es immer noch nicht ganz fassen. So sah seine Welt jetzt also aus: da gab es das Dorf mit seinen Eltern und Freunden – und dann noch den Enano, Chiki und Manuel. Der Junge schüttelte den Kopf, während er den anderen durch den Wald folgte. Manuel, der Verstoßene und gleichzeitig Retter des Urwaldes. *„Wirklich nicht zu glauben..."* Die Suche nach dem Licht war so anders verlaufen, als Alvaro erwartet hatte. Irgendwo in ihm lebte noch die Erinnerung, dass eigentlich er als Held zurückkehren wollte. *„Tja, das war wohl nichts."* Das Verrückte daran aber war, dass es ihm nichts ausmachte. Es spielte keine Rolle. Wichtig war nur, dass die Mondin ihre Laterne wieder hatte.

Erneut schüttelte Alvaro den Kopf, über sich selbst erstaunt. Seit Manuel ihn aus der Falle unter den Bäumen gezogen hatte, waren die Dinge immer klarer geworden. Und das lag nicht nur an der Begegnung mit der Nachtfrau. Bei ihr hatte er sich wie in einer dieser Geschichten gefühlt, welche die Alten am Feuer erzählen. Nur das die Himmelsliane, die Hängematte und natürlich die Mondin keine Erfindung gewesen waren! Alvaro spürte noch immer das Staunen in seiner Seele bei ihrem Anblick. Nein, die Wahrheit, die er früher so vehement bekämpft hatte, konnte er nun wirklich nicht mehr leugnen. Und das wollte er auch nicht. Viel lieber genoss der Junge die Tatsache, neue Freunde gefunden zu haben und voller Geschichten auf dem Weg nach Hause zu sein. Dort würde er erzählen, wer Manuel tatsächlich war und was er getan hatte. Für sie alle!

Die Worte des Pumas hatten sich somit erfüllt. *„Der ist tatsächlich echt, das weiß ich jetzt.“* Doch nicht nur vom Sprecher des Rates und den anderen wundersamen Wesen hatte Manuel dem Jungen inzwischen erzählt. Auch die Kräfte der Tiere und Pflanzen waren nun kein Geheimnis mehr für ihn. Und so erschien Manuels Wunsch nach Respekt auf der Jagd plötzlich in einem ganz neuen Licht. Das war kein Unsinn, wie Alvaro früher immer gedacht hatte. Das war eine Selbstverständlichkeit.

⚕

Zufrieden sog der Junge die Luft ein, genoss den Anblick all der Bäume und grünen Pflanzen auf ihrem Weg. Ab und zu blinzelte der Sonnenmann durch das Blätterdach, Vögel zwitscherten fröhlich hin und her. Es war nicht zu übersehen, die Welt war wieder in Ordnung. *„Vielleicht sogar ein bisschen mehr als vorher.“* dachte Alvaro. Irgendwie war sein Herz erfüllter, nun, da er um die versteckten Wunder um sich herum wusste.

Und da war noch etwas. Der Wunsch, einen Traum wahr werden zu lassen. Dieser Traum hatte schwarze Augen und Haare, die wild im Wind tanzten. Völlig in diesem Anblick versunken, dachte Alvaro nun nur noch eines: *„In zwei Tagen... In zwei Tagen sind wir Zuhause...“*

Wie sehr genoss es Manuel, wieder durch den Urwald zu streifen! Überall fanden sie unbeschwertes Leben. Keine leer blickenden Tieraugen, verwelkende Blumen oder trübes Wasser mehr. Der Wind flog frei umher, Bäume reckten sich dem Sonnenmann entgegen und auch der noch so kleinste Käfer krabbelte ungetrübt über den warmen Waldboden. Ein jedes Wesen hatte wieder zur Ruhe gefunden, denn Nachts fiel das Licht der Mondin auf die Erde, als wäre nichts passiert.

Doch wie groß auch seine Freude war, jetzt gerade konnte der Junge seinen Atem nur schwer unter Kontrolle halten. Dieser Wald hier war ihm vertraut. Er kannte die Lianen, Trampelpfade, Abhänge und Baumstämme. Das war sein Zuhause, sein früheres. Nun würde es nicht mehr lange dauern, bis sie ihr Ziel erreicht hatten. Ein Frösteln überkam Manuel. *„Ich bin ganz schön nervös...“* Zwar war er sich seiner sicher, nicht zuletzt durch die Mondin, aber die bevorstehende Begegnung mit den Puchua war trotzdem nicht leicht für ihn. Und so hatte er sich von Alvaro und den anderen überholen lassen, wollte er doch jeden Schritt bewusst gehen. Schließlich lief er in ein neues Leben. Das hoffte er zumindest.

Ein Rascheln in den Baumkronen ließ ihn nach oben blicken. Und tatsächlich, er irrte sich nicht. Da waren seine Begleiter. Die Baumwächter-Affen schwangen unbeschwert über seinem Kopf, wie Manuel das schon lange nicht mehr gesehen hatte. „Da seid ihr ja wieder! Ich hab mich schon gefragt, wo ihr euch versteckt habt.“ „Hier und da. Aber das ist jetzt vorbei, denn du kommst zurück.“

Überschwänglich hüpften die Tiere noch mehr auf und ab, so dass der Junge lachen musste. Für einen kurzen Moment war er abgelenkt von dem, was vor ihm lag.

❖

Schnell jedoch hatte ihn seine Aufgabe wieder eingeholt. Und nach ein paar Schritten war es dann tatsächlich soweit. Er näherte sich dem Waldrand, schon konnte er die Umrisse des Dorfes zwischen den Baumstämmen erkennen. Ein neuerlicher Schauer überkam ihn. Alvaro und der Waldhüter warteten, ruhig blickten sie ihm entgegen. Keine Bewegung verriet Manuel, ob die beiden nervös waren oder nicht. Chiki dagegen hatte seine Aufregung gar nicht im Griff. Von Ast zu Ast fliegend spann der Vogel eine Farbspur, wobei ihm einzelne bunte Tupfer entglitten und aus der Reihe sprangen. Am liebsten hätte Manuel etwas gesagt, doch fehlten ihm die Worte.

Stattdessen sprach der Enano. „Du kannst dir wohl denken, dass Chiki und ich nicht weiter gehen." Manuel hatte natürlich mit so etwas gerechnet. Doch nun, da der Hüter des Waldes es aussprach, wurde der Junge traurig. Langsam nickte er. „Jetzt liegt es erstmal an euch, an Alvaro und dir." Unentschlossen was er nun tun sollte, sah Manuel seinen kleinen Freund an. Der wirkte ebenfalls hin und hergerissen, doch dann zuckte er mit den Schultern, murmelte „Ach, was soll`s..." und umarmte Manuel. Der Junge musste kurz schlucken, um nicht aus der Fassung zu geraten. Der Waldhüter schien das zu bemerken, denn aufmunternd sagte er: „Alles wird gut, Du wirst sehen." Damit ließ er Manuel wieder los und lächelte ihn an.

„Ja, ich bin ja auch noch da um auf dich aufzupassen!" Ironisch grinsend legte Alvaro seine Hand auf Manuels Schulter und auch der Tausendflügler fand endlich seine Stimme wieder. „Das will ich dir auch geraten haben! Sonst...!" Diese Worte lösten die Anspannung und keiner konnte sich mehr ein Lachen verkneifen. Doch dann wollte Manuel nicht länger warten. Er atmete tief ein, hob den Kopf und sprach mit fester Stimme: „Also lass uns gehen, Alvaro. Zumindest du wirst wohl sehnlichst erwartet." So blickte er ein letztes Mal in die Runde, drehte sich um und trat aus dem Schatten der Bäume heraus.

⚘

Sogleich spürte er vertrautes, zertrampeltes Gras unter seinen Füßen. Wie sehr hatte er das vermisst! Das verblüffte ihn, denn damit hatte er nicht gerechnet. Eigentlich hatte er geglaubt, sein früheres Leben vollkommen hinter sich gelassen zu haben. *„Das stimmt wohl nicht wirklich."* Sonderbar war dieses Gefühl. Ein wenig verwirrt runzelte er die Stirn, doch Alvaro unterbrach seine Gedanken. Die Ungeduld seines Freundes war deutlich zu sehen und so sagte Manuel: „Geh los. Du musst nicht auf mich warten. Ich komme schon klar." „Gut, ganz wie du meinst." Die Jungen sahen sich an, dann lief Alvaro auf die Hütten zu.

Manuel würde diese letzten Schritte also allein gehen. Sein Magen rumorte ein wenig, als er sich Stück für Stück dem Dorf näherte. Mehrmals atmete er tief ein und aus und bevor er es wusste, fand er sich zwischen den ersten Behausungen wieder. Holzwände verengten den Weg, wohlbekannter Rauch stieg ihm in die Nase. Er kannte die Feuerstellen, die kleinen Holzleitern und die Hängematten der einzelnen Bewohner und auch hier beschlich ihn das Gefühl, das alles irgendwie vermisst zu haben. Erneut runzelte er die Stirn, als freudige Stimmen durch die Luft schwirrten.

⁘

Von ihnen weiter gelockt, bog der Junge um die nächste Hütte und war am Rande des Dorfplatzes angelangt. Dort blieb er mit klopfenden Herzen stehen und beobachtete den Tumult, der sich vor ihm abspielte. Alvaro befand sich mitten auf dem Platz, umgeben von aufgeregten Köpfen und Leibern. Schultern wurden geklopft, die ein oder andere Träne weggewischt. Kinder sprangen lachend umher, während sich die Erwachsenen gar nicht mehr beruhigen konnten. Manuel erkannte Amira, die Alvaro nicht loslassen wollte und natürlich Calin, dessen Mund lachend und stolz auf alle einredete. Auch die anderen Jungen, Alvaros Freunde, begrüßten den so lang Vermissten, bestürmten ihn mit Fragen. In dem ganzen Aufruhr war nur eine ganz still. Rufina. Fast schon schüchtern stand sie neben Alvaro, ihre vor Erleichterung funkelnden Augen nur auf ihn gerichtet.

Ein Lächeln stahl sich auf Manuels Gesicht. *„Er ist wieder zu Hause, gut…Gerne wäre ich das auch…"* Dieser Wunsch, anzukommen, ließ den Jungen seine eigentliche Nervosität fast vergessen. Das änderte sich jedoch schlagartig, als Calins Blick abschweifte, sich suchend umsah und schließlich an Manuel hängenblieb. Kurz verkrampfte der sich, doch was er in den Augen des Häuptlings sah, berührte ihn. Da war nichts mehr von dem Argwohn, der ihm sonst entgegengeschlagen war. Calin sah ihn einfach nur in ehrlicher Dankbarkeit an.

Davon ermutigt wollte Manuel schon losgehen, als eine neue Bewegung in die Gruppe vor ihm kam. Ein Puchua nach dem anderen drehte sich um, folgte Calins Blick. Stimmen gerieten ins Stocken, Augen starrten den Jungen an. So mancher Gesichtsausdruck zeigte die gewohnte Abneigung und sorgte dafür, dass Manuel lieber doch noch stehen blieb. „Warte..." flüsterte es in seinem Kopf. Gleich darauf hörte er eine zweite Stimme. Es war Alvaro, der mitten in die Stille hinein zu erzählen begann. Vom Anfang seiner Suche, dem Tal der dumpfen Bäume und schließlich von der Mondin. Ungläubig blickten die Puchua zwischen Alvaro und Manuel hin und her, während die Worte „Rettung", „Freund" und „Nachtlicht" über ihren Köpfen schwebten.

⚜

Nachdem Alvaro geendet hatte, geschah eine Weile gar nichts. Deutlich spürte Manuel, wie die Bewohner des Dorfes mit dem eben Gehörten kämpften. Er vernahm Überraschung in ihren Gedanken. Fragen an ihn, den bisher keiner ernst genommen hatte. Und natürlich auch Erleichterung über Alvaros Rückkehr, das erneute Leuchten des Mondlichts. Das alles stürmte unhörbar auf den Jungen ein, bis er schließlich nicht länger stumm bleiben konnte. Ohne genau zu wissen, was er eigentlich sagen wollte, räusperte er sich: „Irgendwie sind wir alle ziemlich überrascht worden, nicht wahr? Ihr habt gedacht, ich sei verrückt und eine Zeitlang habe ich das auch gedacht. Doch da lagen wir wohl alle falsch." Seine Stimme gewann an Stärke. „Die Suche nach dem Nachtlicht hat mir gezeigt, wer ich wirklich bin – und sie hat mir einen neuen Freund geschenkt." Mit einer Hand deutete er in Alvaros Richtung, der ihn voller Vertrauen ansah.

Manuel atmete ruhig ein. Er wünschte sich zwar, wieder hier leben zu dürfen. Das hatte er jetzt begriffen. Aber wie er den Puchua gerade selbst gesagt hatte, war er nicht mehr das kleine Kind von früher. Erneut konnte der Junge sie spüren, die Kraft, die ihm bereits nach Alvaros Befreiung bewusst geworden war. Und auch jetzt ließ sie nicht von ihm ab. Dieser Kraft war es egal, ob das Dorf ihn wieder aufnehmen würde oder nicht. Er war nicht mehr allein und das hatte ihn wachsen lassen. So vollkommen in sich ruhend, öffnete sich langsam sein Herz, seine blauen Augen blickten warm und freundlich in die Runde.

Ein Murmeln lief durch die Puchua, ihre Gedanken gerieten erneut durcheinander. Erst als sich Calin an ihnen vorbei schob und direkt auf Manuel zuging, beruhigten sie sich. Im Grunde hatten alle nur darauf gewartet und so war jetzt jedes Ohr im Dorf gespitzt. „Du hast unseren Sohn gerettet, das Licht der Mondin gefunden. Dafür sind wir dir sehr dankbar." Manuel dachte daran, wie der Häuptling ihn vorhin angesehen hatte. Neugierig wartete er also, was sein Schicksal nun sagen würde. „Du weißt es nicht, aber ich habe inzwischen einiges von dir gelernt. Und ich möchte noch mehr lernen. Ich wünsche mir, dass wir alle von dir lernen." Manuel bekam Gänsehaut, etwas zog in seiner Brust. Eine Ahnung stieg in ihm hoch, doch wollte er ihr noch nicht vertrauen. Die Vergangenheit in diesem Dorf hatte ihn Vorsicht gelehrt. Erst als Calin ihn freudig strahlend ansah, begann er zu lächeln. Alles in ihm wurde weich und glücklich hörte er die Worte des Häuptlings: „Deshalb bitte ich dich, bei uns zu bleiben."

Leise strich der Wind über das Gesicht des Waldhüters und die Blätter über ihm. Wieder einmal hielt er sich im Dickicht versteckt, um in Manuels Nähe zu sein. „Eigentlich dachte ich, diese Zeit wäre vorbei..." flüsterte er dem Tausendflügler zu, der auf einem dünnen Ast saß. Chiki kicherte leise, wurde jedoch von einem jähen „psst!" unterbrochen. Fragend wandte der Enano sich um. „Wer war das denn?" flüsterte er seinem Freund zu, doch dann verschlug es ihm die Sprache. Völlig unerwartet sah er sich nämlich einer riesigen Schar grüner Schmetterlinge gegenüber, die sich rundherum auf den Ästen verteilt hatten. Und das war längst nicht alles! Zwischen den Schmetterlingen erkannte er schillernde Flugkäfer, zartgliedrige Libellen, Feuerfüßler. Etwas weiter oben hockten die Baumwächter, der Boden wimmelte nur so von Langwürmern und anderem Getier. „Was macht ihr denn alle hier?" fragte er überrascht, woraufhin mehrere Kehlen gleichzeitig antworteten: „Glaubst du im Ernst, wir würden uns die Rückkehr Manuels entgehen lassen?" Der Enano schmunzelte. „Doch jetzt seid still, sonst verpassen wir noch alles!"

Etwas belustigt über diese Zurechtweisung, wandte der Hüter des Waldes sich wieder dem Dorf zu, das von hier aus gut zu überblicken war. Er sah Alvaro, seine Mutter und die anderen Puchua. Bis eben noch hatten sie fröhlich durcheinander gesprochen, doch jetzt waren ihre Stimmen verklungen. Denn vor ihnen standen Manuel und Calin. Der Enano hielt den Atem an, sein Innerstes kribbelte bis in die Haarspitzen. Ganz klar war das Leuchten zu sehen, welches den Jungen umgab. *„Können die Menschen das auch sehen?"* Ein wenig bang war ihm schon. Gut, Manuel hatte Alvaro und das Licht gerettet, aber manchmal waren die Menschen, nun ja, eigen. *„Es würde mich also nicht wundern, wenn..."* dachte der Waldhüter bereits weiter, als sich jeglicher Zweifel in Luft auflöste. Vor seinen Augen streckte Calin Manuel die Arme entgegen und lachte den Jungen herzlich an.

⚜

„Siehst du? Siehst du das?" sagte der Tausendflügler aufgeregt. Dabei kam er von seinem Ast herab, flatterte dem Enano vor dem Gesicht herum. „Ja, ich sehe es..." murmelte der abwesend. Ihm war, als hätte die Erde gebebt. Als hätte ein kräftiger Windstoß alles Vergangene aus den Bäumen gefegt und nichts als frische, neue Luft hinterlassen. Natürlich nahm er das Durcheinander wahr, welches die Tiere um ihn veranstalteten. Alles zwitscherte, raschelte, krabbelte und hüpfte. Doch das berührte den Waldhüter nicht wirklich. Einzig seine eigenen Empfindungen fesselten ihn und die Erkenntnis: Jetzt würde sich alles ändern. Manuel war an seinem Platz angekommen, die Welten konnten endlich eins werden.

Zeitfracht Medien GmbH
Ferdinand-Jühlke-Straße 7
99095 Erfurt, Deutschland
produktsicherheit@kolibri360.de